U0449058

阅读，与最好的自己相遇

萧红散文精选

萧红 著

为青少年读者
量身打造的经典读本

图书在版编目（CIP）数据

萧红散文精选：青少版 / 萧红著. -- 武汉：崇文书局, 2024. 12. -- ISBN 978-7-5403-7707-6

Ⅰ．I266

中国国家版本馆 CIP 数据核字第 2024S55V75 号

责任编辑：高　娟
责任校对：董　颖
责任印制：冯立慧

萧红散文精选：青少版
XIAO HONG SANWEN JINGXUAN : QINGSHAOBAN

出版发行　长江出版传媒　崇文书局
地　　址：武汉市雄楚大街 268 号 C 座 11 层
电　　话：(027)87677133　　邮政编码：430070
印　　刷：中印南方印刷有限公司
开　　本：640mm × 900mm　1/16
印　　张：11.25
字　　数：105 千字
版　　次：2024 年 12 月第 1 版
印　　次：2024 年 12 月第 1 次印刷
定　　价：30.00 元

（如发现印装质量问题，影响阅读，由本社负责调换）

本作品之出版权（含电子版权）、发行权、改编权、翻译权等著作权以及本作品装帧设计的著作权均受我国著作权法及有关国际版权公约保护。任何非经我社许可的仿制、改编、转载、印刷、销售、传播之行为，我社将追究其法律责任。

目录

后花园

祖父的园子	2
祖父·我·后园	6
后花园	8
永久的憧憬和追求	12
祖父死了的时候	14

黑"列巴"和白盐的日子

中秋节	20
欧罗巴旅馆	23
雪 天	28
家庭教师	31
来 客	37
提篮者	39
搬 家	42
最末的一块木柈	46

	黑"列巴"和白盐	49
	度　日	51
	飞　雪	53
	他的上唇挂霜了	57
	当　铺	61
	同命运的小鱼	64
	门前的黑影	69
	拍卖家具	72
	最后的一个星期	74

那些人，那些事	小黑狗	80
	小　六	85
	女教师	90
	林小二	93
	花　狗	98
	小偷、车夫和老头	102

	滑　竿	105
	蹲在洋车上	110

回忆鲁迅先生	鲁迅先生记（一）	118
	鲁迅先生记（二）	121
	回忆鲁迅先生	127
	逝者已矣	169

/ 萧 红 散 文 精 选 /

后花园

花开了,就像花睡醒了似的。

鸟飞了,就像鸟上天了似的。

虫子叫了,就像虫子在说话似的。

一切都活了。

都有无限的本领,要做什么,就做什么。

要怎么样,就怎么样,都是自由的。

祖父的园子①

  我家有一个大花园,这花园里蜂子、蝴蝶、蜻蜓、蚂蚱,样样都有。蝴蝶有白蝴蝶、黄蝴蝶。这种蝴蝶极小,不太好看。好看的是大红蝴蝶,满身带着金粉。

  蜻蜓是金的,蚂蚱是绿的。蜂子则嗡嗡地飞着,满身绒毛,落到一朵花上,胖圆圆的就和一个小毛球似的不动了。

  花园里边明晃晃的,红的红,绿的绿,新鲜漂亮。

  据说这花园,从前是一个果园。祖母喜欢吃果子就种了果园。祖母又喜欢养羊,羊把果树给啃了。果树于是都死了。到我有记忆的时候,园子里就只有一棵樱桃树、一棵李子树,因为樱桃和李子都不大结果子,所以觉得它们并不存在的。小的时候,只觉得园子里边就有一棵大榆树。

  这榆树,在园子的西北角上,来了风,榆树先啸,来了雨,榆树先就冒烟了。太阳一出来,榆树的叶子就发光了,它们闪烁得和

---

① 选自《呼兰河传》。

沙滩上的蚌壳一样。

　　祖父一天都在园子里，我也跟着祖父在后园里边转。祖父戴一个大草帽，我戴一个小草帽；祖父栽花，我就栽花；祖父拔草，我就拔草。祖父种小白菜的时候，我就跟在后边，把那下了种的土窝，用脚一个一个地溜平。哪里会溜得准，东一脚地，西一脚地瞎闹。有的把菜种不单没被土盖上，反而把菜子踢飞了。

　　小白菜长得非常之快，没有几天就冒了芽了，一转眼就可以拔下来吃了。

　　祖父铲地，我也铲地。因为我太小，拿不动锄头杆，祖父就把锄头杆拔下来，让我单拿着那个锄头的"头"来铲。其实哪里是铲，不过是爬在地上，用锄头乱勾一阵就是了。也认不得哪个是苗，哪个是草，往往把韭菜当作野草割掉，把狗尾草当作谷穗留着。

　　等祖父发现我铲的那块满留着狗尾草的一片，就问我："这是什么？"

　　我说："谷子。"

　　祖父大笑起来，笑得热了，把草摘下来问我："你每天吃的就是这个吗？"

　　我说："是的。"

　　我看着祖父还在笑，我就说："你不信，我到屋里拿来你看。"

3

我跑到屋里，拿了鸟笼上的一头谷穗，远远地就抛给祖父。说："这不是一样的吗？"

祖父慢慢地把我叫过去，讲给我听，说谷子是有芒针的。狗尾草则没有，只是毛嘟嘟的真像狗尾巴。

祖父虽然教我，我看了也并不细看，也不过马马虎虎承认下来就是了。一抬头看见一个黄瓜长大了，跑过去摘下来，我又吃黄瓜去了。

黄瓜也许没有吃完，又看见一只大蜻蜓从旁边飞过，于是丢下黄瓜又去追蜻蜓了。蜻蜓飞得多么快，哪里会追得上？好则一开初也没有存心一定追上。所以站起来，跟了蜻蜓跑了几步就又去做别的了。

采一个倭瓜花心，捉一个大绿豆青蚂蚱，把蚂蚱腿用线绑上，绑了一会儿，也许把蚂蚱腿就绑掉了，线头上只拴着一条腿，而不见蚂蚱了。

玩腻了，又跑到祖父那里去乱闹一阵。祖父浇菜，我也抢过来浇，奇怪的就是并不往菜上浇，而是拿着水瓢，拼尽了力气，把水往天空里一扬，大喊着："下雨了！下雨了！"

太阳在园子里是特大的，天空是特别高的。太阳的光芒四射，亮得使人睁不开眼睛，亮得蚯蚓不敢钻出地面来，蝙蝠不敢从什么黑暗的地方飞出来。是凡在太阳下的，都是健康的、漂亮的，拍一拍连大树都会发响的，叫一叫就是站在对面的土墙都会回答似的。

花开了，就像花睡醒了似的。鸟飞了，就像鸟上天了似的。虫子叫了，就像虫子在说话似的。一切都活了。都有无限的本领，要做什么，就做什么。要怎么样，就怎么样，都是自由的。倭瓜愿意爬上架就爬上架，愿意爬上房就爬上房。黄瓜愿意开一朵花，就开一朵花，愿意结一个黄瓜就结一个黄瓜。若都不愿意，就是一个黄瓜也不结，一朵花也不开，也没有人问它似的。玉米愿意长多高就长多高，它若愿意长上天去，也没有人管。蝴蝶随意地飞，一会儿从墙头上飞来一对黄蝴蝶，一会儿又从墙头上飞走一只白蝴蝶。它们是从谁家来的，又要飞到谁家去？太阳也不知道这个。

只是天空蓝悠悠的，又高又远。

可是白云一来了的时候，那大团的白云，好像翻了花的白银似的，从祖父的头上经过，好像要压到了祖父的草帽那么低。

我玩累了，就在房子底下找个阴凉的地方睡着了。不用枕头，不用席子，就把草帽扣在脸上就睡了。

祖父·我·后园[①]

后园中有一棵玫瑰。一到五月就开花的。一直开到六月。花朵和酱油碟那么大。开得很茂盛，满树都是，因为花香，招来了很多的蜂子，嗡嗡地在玫瑰树那儿闹着。

别的一切都玩厌了的时候，我就想起来去摘玫瑰花，摘了一大堆把草帽脱下来用帽兜子盛着。在摘那花的时候，有两种恐惧，一种是怕蜂子的钩刺人，另一种是怕玫瑰的刺刺手。好不容易摘了一大堆，摘完了可又不知道做什么了。忽然异想天开，这花若给祖父戴起来该多好看。

祖父蹲在地上拔草，我就给他戴花。祖父只知道我是在捉弄他的帽子，而不知道我到底是在干什么。我把他的草帽给他插了一圈的花，红通通的二三十朵。我一边插着一边笑，当我听到祖父说：

"今年春天雨水大，咱们这棵玫瑰开得这么香。二里路也怕闻得到的。"

[①] 节选自《呼兰河传》。

就把我笑得哆嗦起来。我几乎没有支持的能力再插上去。等我插完了,祖父还是安然的不晓得。他还照样地拔着垅上的草。我跑得很远地站着,我不敢往祖父那边看,一看就想笑。所以我借机进屋去找一点吃的来,还没有等我回到园中,祖父也进屋来了。

那满头红通通的花朵,一进来祖母就看见了。她看见什么也没说,就大笑了起来。父亲母亲也笑了起来,而以我笑得最厉害,我在炕上打着滚笑。

祖父把帽子摘下来一看,原来那玫瑰的香并不是因为今年春天雨水大的缘故,而是那花就顶在他的头上。

他把帽子放下,他笑了十多分钟还停不住,过一会儿一想起来,又笑了。

祖父刚有点忘记了,我就在旁边提着说:

"爷爷……今年春天雨水大呀……"

一提祖父的笑就来了。于是我也在炕上打起滚来。

就这样一天一天的,祖父,后园,我,这三样是一样也不可缺少的了。

后花园①

　　后花园五月里就开花的，六月里就结果子，黄瓜、茄子、玉蜀黍、大芸豆、冬瓜、西瓜、西红柿，还有爬着蔓子的倭瓜。这倭瓜蔓往往会爬到墙头上去，而后从墙头它出去了，出到院子外边去了。就向着大街，这倭瓜蔓上开了一朵大黄花。

　　正临着这热闹闹的后花园，有一座冷清清的黑洞洞的磨房，磨房的后窗子就向着花园。刚巧沿着窗外的一排种的是黄瓜。这黄瓜虽然不是倭瓜，但同样会爬蔓子的，于是就在磨房的窗棂上开了花，而且巧妙地结了果子。

　　在朝露里，那样嫩弱的须蔓的梢头，好像淡绿色的玻璃抽成的，不敢去触，一触非断不可的样子。同时一边结着果，一边攀着窗棂往高处伸张，好像它们彼此学着样，一个跟一个都爬上窗子来了。到六月，窗子就被封满了，而且就在窗棂上挂着滴滴嘟嘟的大黄瓜、小黄瓜；瘦黄瓜、胖黄瓜，还有最小的小黄瓜纽儿，头顶上

---

① 节选自《后花园》。

还正在顶着一朵黄花还没有落呢。

于是随着磨房里打着铜筛罗的震抖，而这些黄瓜也就在窗子上摇摆起来了。铜罗在磨夫脚下，东踏一下它就"咚"，西踏一下它就"咚"；这些黄瓜也就在窗子上滴滴嘟嘟地跟着东边"咚"，西边"咚"。

六月里，后花园更热闹起来了，蝴蝶飞，蜻蜓飞，螳螂跳，蚂蚱跳。大红的外国柿子都红了，茄子青的青、紫的紫，溜明湛亮，又肥又胖，每一棵茄秧上结着三四个，四五个。玉蜀黍的缨子刚刚才出缨，就各色不同，好比女人绣花的丝线夹子打开了，红的绿的，深的浅的，干净得过分，简直不知道它为什么那样干净，不知怎样它才那样干净的，不知怎样才做到那样的，或者说它是刚刚用水洗过，或者说它是用膏油涂过。但是又都不像，那简直是干净得连手都没有上过。

然而这样漂亮的缨子并不发出什么香气，所以蜂子、蝴蝶永久不在它上边搔一搔，或是吮一吮。

却是那些蝴蝶乱纷纷地在那些正开着的花上闹着。

后花园沿着主人住房的一方面，种着一大片花草。因为这园主并非怎样精细的人，而是一位厚敦敦的老头，所以他的花园多半变成菜园了。其做种花的部分，也没有什么好花，比如马蛇菜、爬山虎、胭粉豆、小龙豆……这都是些草本植物，没有什么高贵。到冬天就都埋在大雪里边，它们都死去了。春天打扫干净了这个地盘，再重种起来。有的甚或不用下种，它就自己出来了，好比大菠茨，那就是每年也不用种，它就自己出来的。

它自己的种子，今年落在地上没有人去拾它，明年它就出来了；明年落了子，又没有人去采它，它就又自己出来了。

这样年年代代，这花园无处不长着花。墙根上，花架边，人行道的两旁，有的竟长在倭瓜或黄瓜一块儿去了。那讨厌的倭瓜的丝蔓竟缠绕在它的身上，缠得多了，把它拉倒了。

可是它就倒在地上仍旧开着花。

铲地的人一遇到它，总是把它拔了，可是越拔它越生得快，那第一班开过的花子落下，落在地上，不久它就生出新的来。所以铲也铲不尽，拔也拔不尽，简直成了一种讨厌的东西了。还有那些被倭瓜缠住了的，若想拔它，把倭瓜也拔掉了，所以只得让它横躺竖卧地在地上，也不能不开花。

长得非常之高，五六尺高，和玉蜀黍差不多一般高，比人还高了一点，红辣辣地开满了一片。

人们并不把它当作花看待，要折就折，要断就断，要连根拔也都随便。到这园子里来玩的孩子随便折了一堆去，女人折了插满了一头。

这花园从园主一直到来游园的人，没有一个人是爱护这花的。这些花从来不浇水，任着风吹，任着太阳晒，可是却越开越红，越开越旺盛，把园子煊耀得闪眼，把六月夸奖得和水滚着那么热。

胭粉豆、金荷叶、马蛇菜都开得像火一般。

其中尤其是马蛇菜,红得鲜明晃眼,红得它自己随时要破裂流下红色汁液来。

从磨房看这园子,这园子更不知鲜明了多少倍,简直是金属的了,简直像在火里边烧着那么热烈。

永久的憧憬和追求

一九一一年，在一个小县城里边，我生在一个小地主的家里。那县城差不多就是中国的最东最北部——黑龙江省——所以一年之中，倒有四个月飘着白雪。

父亲常常为着贪婪而失掉了人性。他对待仆人，对待自己的儿女，以及对待我的祖父都是同样的吝啬而疏远，甚至于无情。

有一次，为着房客租金的事情，父亲把房客的全套的马车赶了过来。房客的家属们哭着诉说着，向我的祖父跪了下来，于是祖父把两匹棕色的马从车上解下来还了回去。

为着两匹马，父亲向祖父起着终夜的争吵。"两匹马，咱们是算不了什么的，穷人，这两匹马就是命根。"祖父这样说着，而父亲还是争吵。

九岁时，母亲死去。父亲也就更变了样，偶然打碎了一只杯子，他就要骂到使人发抖的程度。后来就连父亲的眼睛也转了弯，每从他的身边经过，我就像自己的身上生了针刺一样；他斜视着你,他那高傲的眼光从鼻梁经过嘴角而后往下流着。

所以每每在大雪中的黄昏里,围着暖炉,围着祖父,听着祖父读着诗篇,看着祖父读着诗篇时微红的嘴唇。

父亲打了我的时候,我就在祖父的房里,一直向着窗子,从黄昏到深夜——窗外的白雪,好像白棉一样飘着;而暖炉上水壶的盖子,则像伴奏的乐器似的振动着。

祖父时时把多纹的两手放在我的肩上,而后又放在我的头上,我的耳边便响着这样的声音:

"快快长吧!长大就好了。"

二十岁那年,我就逃出了父亲的家庭。直到现在还是过着流浪的生活。

"长大"是"长大"了,而没有"好"。

可是从祖父那里,知道了人生除掉了冰冷和憎恶而外,还有温暖和爱。

所以我就向这"温暖"和"爱"的方面,怀着永久的憧憬和追求。

祖父死了的时候

祖父总是有点变样子,他喜欢流起眼泪来,同时过去很重要的事情他也忘掉。比方过去那一些他常讲的故事,现在讲起来,讲了一半下一半他就说:"我记不得了。"

某夜,他又病了一次,经过这一次病,他竟说:"给你三姑写信,叫她来一趟,我不是四五年没看过她吗?"他叫我写信给我已经死去五年的姑母。

那次离家是很痛苦的。学校来了开学通知信,祖父又一天一天地变样起来。

祖父睡着的时候,我就躺在他的旁边哭,好像祖父已经离开我死去似的,一面哭着一面抬头看他凹陷的嘴唇。我若死掉祖父,就死掉我一生最重要的一个人,好像他死了就把人间一切"爱"和"温暖"带得空空虚虚,我的心被丝线扎住或铁丝绞住了。

我联想到母亲死的时候。母亲死以后,父亲怎样打我,又娶一个新母亲来。这个母亲很客气,不打我,就是骂,也是指着桌子或椅子来骂我。客气是越客气了,但是冷淡了,疏远了,生人一样。

"到院子去玩玩吧!"祖父说了这话之后,在我的头上撞了一下,"喂!你看这是什么?"一个黄金色的橘子落到我的手中。

夜间不敢到茅厕去,我说:"妈妈同我到茅厕去趟吧。"

"我不去!"

"那我害怕呀!"

"怕什么?"

"怕什么?怕鬼怕神?"父亲也说话了,把眼睛从眼镜上面看着我。

冬天,祖父已经睡下,赤着脚,开着纽扣跟我到外面茅厕去。

学校开学,我迟到了四天。三月里,我又回家一次,正在外面叫门,里面小弟弟嚷着:"姐姐回来了!姐姐回来了!"大门开时,我就远远注意着祖父住着的那间房子。果然祖父的面孔和胡子闪现在玻璃窗里。我跳着笑着跑进屋去。但不是高兴,只是心酸,祖父的脸色更惨淡更白了。等屋子里一个人没有时,他流着泪,他慌慌忙忙地一边用袖口擦着眼泪,一边抖动着嘴唇说:"爷爷不行了,不知早晚……前些日子好险没跌……跌死。"

"怎么跌的?"

"就是在后屋,我想去解手,招呼人,也听不见,按电铃也没有人来,就得爬啦。还没到后门口,腿颤,心跳,眼前发花了一阵就倒下去。没跌断了腰……人老了,有什么用处!爷爷是八十一岁呢。"

15

"爷爷是八十一岁。"

"没用了,活了八十一岁还是在地上爬呢!我想你看不着爷爷了,谁知没有跌死,我又慢慢爬到炕上。"

我走的那天也是和我回来那天一样,白色的脸的轮廓闪现在玻璃窗里。

在院心我回头看着祖父的面孔,走到大门口,在大门口我仍可看见,出了大门,就被门扇遮断。

从这一次祖父就与我永远隔绝了。虽然那次和祖父告别,并没说出一个永别的字。我回来看祖父,这回门前吹着喇叭,幡杆挑得比房头更高,马车离家很远的时候,我已看到高高的白色幡杆了,吹鼓手们的喇叭怆凉地在悲号。马车停在喇叭声中,大门前的白幡、白对联、院心的灵棚、闹嚷嚷许多人,吹鼓手们响起呜呜的哀号。

这回祖父不坐在玻璃窗里,是睡在堂屋的板床上,没有灵魂地躺在那里。我要看一看他白色的胡子,可是怎样看呢!拿开他脸上蒙着的纸吧,胡子、眼睛和嘴,都不会动了,他真的一点感觉也没有了?我从祖父的袖管里去摸他的手,手也没有感觉了。祖父这回真死去了啊!

祖父装进棺材去的那天早晨,正是后园里玫瑰花开放满树的时候。我扯着祖父的一张被角,抬向灵前去。吹鼓手在灵前吹着大喇叭。

我怕起来,我号叫起来。

"咣咣!"黑色的,半尺厚的灵柩盖子压上去。

吃饭的时候，我饮了酒，用祖父的酒杯饮的。饭后我跑到后园玫瑰树下去卧倒，园中飞着蜂子和蝴蝶，绿草的清凉的气味，这都和十年前一样。可是十年前死了妈妈。妈妈死后我仍是在园中扑蝴蝶；这回祖父死去，我却饮了酒。

过去的十年我是和父亲打斗着生活。在这期间我觉得人是残酷的东西。父亲对我是没有好面孔的，对于仆人也是没有好面孔的，他对于祖父也是没有好面孔的。因为仆人是穷人，祖父是老人，我是个小孩子，所以我们这些完全没有保障的人就落到他的手里。后来我看到新娶来的母亲也落到他的手里，他喜欢她的时候，便同她说笑，他恼怒时便骂她，母亲渐渐也怕起父亲来。

母亲也不是穷人，也不是老人，也不是孩子，怎么也怕起父亲来呢？我到邻家去看看，邻家的女人也是怕男人。我到舅家去，舅母也是怕舅父。

我懂得的尽是些偏僻的人生，我想世间死了祖父，就没有再同情我的人了，世间死了祖父，剩下的尽是些凶残的人了。

我饮了酒，回想，幻想……

以后我必须不要家，到广大的人群中去，但我在玫瑰树下颤怵了，人群中没有我的祖父。

所以我哭着，整个祖父死的时候我哭着。

/萧红散文精选/
黑"列巴"和白盐的日子

夜间,大雪又不知落得怎样了!
早晨起来,一定会推不开门吧!
记得爷爷说过:大雪的年头,
小孩站在雪里露不出头顶……风不住扫打窗子,
狗在房后哽哽地叫……
从冻又想到饿,明天没有米了。

中秋节

记得青野送来一大瓶酒，董醉倒在地下，剩我自己也没得吃月饼。小屋寂寞的，我读着诗篇，自己过个中秋节。

我想到这里，我不愿再想，望着四面清冷的壁，望着窗外的天。我侧倒在床上，看一本书，一页，两页，许多页，不愿看。那么我听着桌子上的表，看着瓶里不知名的野花，我睡了。

那不是青野吗？带着枫叶进城来，在床沿大家默坐着。枫叶插在瓶里，放在桌上，后来枫叶干了坐在院心。常常有东西落在头上，啊，小圆枣滚在墙根外。枣树的命运渐渐完结着。晨间学校打钟了，正是上学的时候，梗妈穿起棉袄打着嚏喷在扫偎在墙根哭泣的落叶，我也打着嚏喷。梗妈捏了我的衣裳说："九月时节穿单衣服，怕是害凉。"

董从他房里跑出，叫我多穿件衣服。我不肯，经过阴凉的街道走进校门。在课室里可望到窗外黄叶的芭蕉。同学们一个跟着一个地向我问：

"你真耐冷，还穿单衣。"

"你的脸为什么紫色呢？"

"倒是关外人……"

她们说着，拿女人专有的眼神闪视。到晚间，嚏喷打得越多，头痛，两天不到校。上了几天课，又是两天不到校。

森森的天气紧逼着我，好像是秋风逼着黄叶样，新历一月一日降雪了，我打起寒颤。开了门望一望雪天，呀！我的衣裳薄得透明了，结了冰般的。

跑回床上，床也结了冰般的。我在床上等着董哥，等得太阳偏西，董哥偏不回来。向梗妈借十个大铜板，于是吃烧饼和油条。

青野踏着白雪进城来，坐在椅间，他问："绿叶怎么不起呢？"

梗妈说："一天没起，没上学，可是董先生也出去一天了。"

青野穿的学生服，他摇摇头，又看了自己有洞的鞋底，走过来，他站在床边又问："头痛不？"把手放在我头上试热。

说完话他去了，可是太阳快落时，他又回转来。董和我都在猜想。他把两元钱放在梗妈手里，一会就是门外送煤的小车子哗铃的响，又一会小煤炉在地心红着。同时，青野的被子进了当铺，从那夜起，他的被子没有了，盖着褥子睡。

这已往的事，在梦里，又关不住了。

门响，我知道是三郎回来了，我望了望他，我又回到梦中。可是他在叫我:"起来吧,悄悄,我们到朋友家去吃月饼。"

他的声音使我心酸,我知道今晚连买米的钱都没有,所以起来了,去到朋友家吃月饼。人嚣着,经过菜市,也经过睡在路侧的僵尸,酒醉得晕晕的,走回家来,两人就睡在清凉的夜里。

三年过去了,现在我认识的是新人,可是他也和我一样穷困,使我记起三年前的中秋节来。

欧罗巴旅馆

楼梯是那样长,好像让我顺着一条小道爬上天顶。其实只是三层楼,也实在无力了。手扶着楼栏,努力拔着两条颤颤的,不属于我的腿,升上几步,手也开始和腿一般颤。

等我走进那个房间的时候,和受辱的孩子似的偎上床去,用袖口慢慢擦着脸。他——郎华①,我的情人,那时候他还是我的情人,他问我了:

"你哭了吗?"

"为什么哭呢?我擦的是汗呀,不是眼泪呀!"

不知是几分钟过后,我才发现这个房间是如此的白,棚顶是斜坡的棚顶,除了一张床,地下有一张桌子,一张藤椅。离开床沿用不到两步可以摸到桌子和椅子。开门时,那更方便,一张门扇躺在床上可以打开。住在这白色的小室,我好像住在幔帐中一般。我口渴,我说:

---

① 郎华:"郎华"是萧军的另一个笔名,萧军后来成了萧红的丈夫。

"我应该喝一点水吧！"

他要为我倒水时，他非常着慌，两条眉毛好像要连接起来，在鼻子的上端扭动了好几下：

"怎样喝呢？用什么喝？"

桌子上除了一块洁白的桌布，干净得连灰尘都不存在。

我有点昏迷，躺在床上听他和茶房在过道说了些时，又听到门响，他来到床边。我想他一定举着杯子在床边，却不，他的手两面却分张着：

"用什么喝？可以吧？用脸盆来喝吧！"

他去拿藤椅上放着才带来的脸盆时，毛巾下面的刷牙缸被他发现，于是拿着刷牙缸走去。

旅馆的过道是那样寂静，我听他踏着地板来了。

正在喝着水，一只手指抵在白床单上，我用发颤的手指抚来抚去。他说：

"你躺下吧！太累了。"

我躺下也是用手指抚来抚去，床单有突起的花纹，并且白得有些闪我的眼睛，心想：不错的，自己正是没有床单。我心想的话他却说出了！

"我想我们是要睡空床板的，现在连枕头都有。"

说着，他拍打我枕在头下的枕头。

"咯咯——"有人打门，进来一个高大的俄国女茶房，身后又进来一个中国茶房：

"也租铺盖吗？"

"租的。"

"五角钱一天。"

"不租。""不租。"我也说不租，郎华也说不租。

那女人动手去收拾：软枕，床单，就连桌布她也从桌子扯下去。床单夹在她的腋下。一切都夹在她的腋下。一秒钟，这洁白的小室跟随她花色的包头巾一同消失去。

我虽然是腿颤，虽然肚子饿得那样空，我也要站起来，打开柳条箱去拿自己的被子。

小室被劫了一样，床上一张肿胀的草褥赤现在那里，破木桌一些黑点和白圈显露出来，大藤椅也好像跟着变了颜色。

晚饭就在桌子上摆着，黑"列巴"和白盐。

晚饭以后，事件就开始了：

开门进来三四个人，黑衣裳，挂着枪，挂着刀。进来先拿住郎华的两臂，他正赤着胸膛在洗脸，两手还是湿着。他们那些人，把箱子弄开，翻扬了一阵：

"旅馆报告你带枪，没带吗？"那个挂刀的人问。随后那人在床下扒得了一个长纸卷，里面卷的是一支剑。他打开，抖着剑柄的红穗头：

"你哪里来的这个？"

停在门口那个去报告的俄国管事，挥着手，急得涨红了脸。

警察要带郎华到局子里去，他也预备跟他们去，嘴里不住地说："为什么单独用这种方式检查我？妨害我？"

最后警察温和下来，他的两臂被放开，可是他忘记了穿衣裳，他湿水的手也干了。

原因日间那白俄来取房钱，一日两元，一月六十元。我们只有五元钱。马车钱来时去掉五角。那白俄说：

"你的房钱，给！"他好像知道我们没有钱似的，他好像是很着忙，怕是我们跑走一样。他拿着手中两元票子又说："六十元一月，明天给！"原来包租一月三十元，为了松花江涨水才有这样的房价。如此，他摇手瞪眼地说："你的明天搬走，你的明天走！"

郎华说："不走，不走……"

"不走不行，我是经理。"

郎华从床下取出剑来，指着白俄：

"你快给我走开，不然，我宰了你。"

他慌张着跑出去了，去报告警察，说我们带着凶器，其实剑裹在纸里，那人以为是大枪，而不知是一支剑。

结果警察带剑走了，他说："日本宪兵若是发现你有剑，那你非吃亏不可，了不得的，说你是大刀会，我替你寄存一夜，明天你来取。"

警察走了以后闭了灯，锁上门，街灯的光亮从小窗口跑下来，凄凄淡淡的,我们睡了。

天明了,是第二天,从朋友处被逐出来是第二天了。

雪 天

我直直是睡了一个整天,这使我不能再睡。小屋子渐渐从灰色变作黑色。

睡得背很痛,肩也很痛,并且也饿了。我下床开了灯,在床沿坐了坐,到椅子上坐了坐,扒一扒头发,揉擦两下眼睛,心中感到幽长和无底,好像把我放下一个煤洞去,并且没有灯笼,使我一个人走沉下去。屋子虽然小,在我觉得和一个荒凉的广场样,屋子墙壁离我比天还远,那是说一切不和我发生关系;那是说我的肚子太空了!

一切街车街声在小窗外闹着。可是三层楼的过道非常寂静。每走过一个人,我留意他的脚步声,那是非常响亮的,硬底皮鞋踏过去,女人的高跟鞋更响亮而且焦急,有时成群的响声,男男女女穿插着过了一阵。我听遍了过道上一切引诱我的声音,可是不用开门看,我知道郎华还没回来。

小窗那样高,囚犯住的屋子一般,我仰起头来,看见那一些纷飞的雪花从天空忙乱地跌落,有的也打在玻璃窗片上,即刻就消融了,就成水珠滚动爬行着,玻璃窗被它画成没有意义、无组织的条纹。

我想:雪花为什么要翻飞呢?多么没有意义!忽然我又想:我不也是和雪花一般没有意义吗?坐在椅子里,两手空着,什么也不做;口张着,可是什么也不吃。我十分和一架完全停止了的机器相像。

过道一响,我的心就非常跳,那该不是郎华的脚步?一种穿软底鞋的声音,嚓嚓来近门口,我仿佛是跳起来,我心害怕:他冻得可怜了吧?

开门看时,茶房站在那里:

"包夜饭吗?"

"多少钱?"

"每份六角。包月十五元。"

"……"我一点都不迟疑地摇着头,怕是他把饭送进来强迫我吃似的,怕他强迫向我要钱似的。茶房走出,门又严肃地关起来。一切别的房中的笑声,饭菜的香气都断绝了,就这样用一道门,我与人间隔离着。

一直到郎华回来,他的胶皮底鞋擦在门槛,我才止住幻想。茶房手上的托盘,盛着肉饼、炸黄的番薯、切成大片有弹力的面包……

郎华的夹衣上那样湿了，已湿的裤管拖着泥。鞋底通了孔，使得袜子也湿了。

他上床暖一暖，脚伸在被子外面，我给他用一张破布擦着脚上冰凉的黑圈。

当他问我时，他和呆人一般，直直的腰也不弯：

"饿了吧？"

我几乎是哭了。我说："不饿。"为了低头，我的脸几乎接触到他冰凉的脚掌。

他的衣服完全湿透，所以我到马路旁去买馒头。就在光身的木桌上，刷牙缸冒着气，刷牙缸伴着我们把馒头吃完。馒头既然吃完，桌上的铜板也要被吃掉似的。他问我：

"够不够？"

我说："够了。"我问他："够不够？"

他也说："够了。"

隔壁的手风琴唱起来，它唱的是生活的痛苦吗？手风琴凄凄凉凉地唱呀！

登上桌子，把小窗打开。这小窗是通过人间的孔道：楼顶，烟囱，飞着雪沉重而浓黑的天空，路灯，警察，街车，小贩，乞丐，一切显现在这小孔道，繁繁忙忙的市街发着响。

隔壁的手风琴在我们耳里不存在了。

家庭教师

二十元票子，使他做了家庭教师。

这是第一天，他起得很早，并且脸上也像愉悦了些。我欢喜地跑到过道去倒洗脸水。心中埋藏不住这些愉快，使我一面折着被子，一面嘴里任意唱着什么歌的句子。而后坐到床沿，两腿轻轻地跳动，单衫的衣角在腿下抖荡。我又跑出门外，看了几次那个提篮卖面包的人，我想他应该吃些点心吧，八点钟他要去教书，天寒，衣单，又空着肚子，那是不行的。

但是还不见那提着膨胀的篮子的人来到过道。

郎华做了家庭教师，大概他自己想也应该吃了。当我下楼时，他就自己在买，长形的大提篮已经摆在我们房间的门口。他仿佛是一个大蝎虎样，贪婪地，为着他的食欲，从篮子里往外捉取着面包、圆形的点心和"列巴圈"，他强健的两臂，好像要把整个篮子抱到房间里才能满足。最后他会过钱，下了最大的决心，舍弃了篮子，跑回房中来吃。

还不到八点钟,他就走了。九点钟刚过,他就回来。下午太阳快落时,他又去一次,一个钟头又回来。他已经慌慌忙忙像是生活有了意义似的。当他回来时,他带回一个小包袱,他说那是才从当铺取出的从前他当过的两件衣裳。他很有兴致地把一件夹袍从包袱里解出来,还有一件小毛衣。

"你穿我的夹袍,我穿毛衣。"他吩咐着。

于是两个人各自赶快穿上。他的毛衣很合适。惟有我穿着他的夹袍,两只脚使我自己看不见,手被袖口吞没去,宽大的袖口,使我忽然感到我的肩膀一边挂着一个口袋,就是这样,我觉得很合适,很满足。

电灯照耀着满城市的人家。钞票带在我的衣袋里,就这样,两个人理直气壮地走在街上,穿过电车道,穿过扰嚷着的那条破街。

一扇破碎的玻璃门,上面封了纸片,郎华拉开它,并且回头向我说:"很好的小饭馆,洋车夫和一切工人全都在这里吃饭。"

我跟着进去。里面摆着三张大桌子。我有点看不惯,好几部分食客都挤在一张桌上。屋子几乎要转不过来身。我想,让我坐在哪里呢?三张桌子都是满满的人。我在袖口外面捏了一下郎华的手说:"一张空桌也没有,怎么吃?"

他说:"在这里吃饭是随随便便的,有空就坐。"他比我自然得多,接着,他把帽子挂到墙壁上。堂倌走来,用他拿在手中已经擦满油腻的布巾抹了一下桌角,同时向旁边正在吃的那个人说:

"借光,借光。"

就这样,郎华坐在长板凳上那个人剩下来的一头。至于我呢,堂倌把掌柜独坐的那个圆板凳搬来,占据着大桌子的一头。我们好像存在也可以,不存在也可以似的。不一会,小小的菜碟摆上来。我看到一个小圆木砧上堆着煮熟的肉,郎华跑过去,向着木砧说了一声:"切半角钱的猪头肉。"

那个人把刀在围裙上,在那块脏布上抹了一下,熟练地挥动着刀在切肉。我想:他怎么知道那叫猪头肉呢?很快地我吃到猪头肉了。后来我又看见火炉上煮着一个大锅,我想要知道这锅里到底盛的是什么,然而当时我不敢,不好意思站起来满屋摆荡。

"你去看看吧。"

"那没有什么好吃的。"郎华一面去看,一面说。

正相反,锅虽然满挂着油腻,里面却是肉丸子。掌柜连忙说:"来一碗吧?"

我们没有立刻回答。掌柜又连忙说:"味道很好哩。"

我们怕的倒不是味道好不好,既然是肉的,一定要多花钱吧!我们面前摆了五六个小碟子,觉得菜已经够了。他看看我,我看看他。

"这么多菜,还是不要肉丸子吧。"我说。

"肉丸还带汤。"我看他说这话,是愿意了,那么吃吧。一决心,肉丸子就端上来。

破玻璃门边，来来往往有人进出，戴破皮帽子的，穿破皮袄的，还有满身红绿的油匠，长胡子的老油匠，十二三岁尖嗓子的小油匠。

脚下有点潮湿得难过了。可是门仍不住地开关，人们仍是来来往往。一个岁数大一点的妇人，抱着孩子在门外乞讨，仅仅在人们开门时她说一声："可怜可怜吧！给孩子点吃的吧！"然而她从不动手推门。后来大概她等的时间太长了，就跟着人们进来，停在门口，她还不敢把门关上，表示出她一得到什么东西很快就走的样子。忽然全屋充满了冷空气。郎华拿馒头正要给她，掌柜的摆着手："多得很，给不得。"

靠门的那个食客强关了门，已经把她赶出去了，并且说："真她妈的，冷死人，开着门还行！"

不知哪一个发了这一声："她是个老婆子，你把她推出去。若是个大姑娘，不抱住她，你也得多看她两眼。"

全屋人差不多都笑了，我却听不惯这话，我非常恼怒。

郎华为着猪头肉喝了一小壶酒，我也帮着喝。同桌的那个人只吃咸菜，喝稀饭，他结账时还不到一角钱。接着我们也结账：小菜每碟二分，五碟小菜，半角钱猪头肉，半角钱烧酒，丸子汤八分，外加八个大馒头。

走出饭馆，使人吃惊，冷空气立刻裹紧全身，高空闪烁着繁星。我们奔向有电车经过叮叮响的那条街口。

"吃饱没有？"他问。

"饱了。"我答。

经过街口卖零食的小亭子，我买了两块纸包糖，我一块，他一块，一面上楼，一面吮着糖的滋味。

"你真像个大口袋。"他吃饱了以后才向我说。

同时我打量着他，也非常不像样。在楼下大镜子前面，两个人照了好久。他的帽子仅仅扣住前额，后脑勺被忘记似的，离得帽子老远老远地独立着。很大的头，顶个小卷檐帽，最不相宜的就是这个小卷檐帽，在头顶上看起来十分不牢固，好像乌鸦落在房顶，有随时飞走的可能。别人送给他的那身学生服短而且宽。

走进房间，像两个大孩子似的，互相比着舌头，他吃的是红色的糖块，所以是红舌头，我是绿舌头。比完舌头之后，他忧愁起来，指甲在桌面上不住地敲响。

"你看，我当家庭教师有多么不带劲！来来往往冻得和个小叫花子似的。"

当他说话时，在桌上敲着的那只手的袖口，已是破了，拖着线条。我想破了倒不要紧，可是冷怎么受呢？

长久的时间静默着，灯光照在两人脸上，也不跳动一下，我说要给他缝缝袖口，明天要买针线。说到袖口，他警觉一般看一下袖口，脸上立刻浮现着幻想，并且嘴唇微微张开，不太自然似的，又不说什么。

关了灯，月光照在窗外，反映得全室微白。两人扯着一张被子，头下破书当作枕头。隔壁手风琴又咿咿呀呀地在诉说生之苦乐。乐器伴着他，他慢慢打开他幽禁的心灵了。

来　客

　　打过门，随后进来一个胖子，穿的绸大衫，他也说他来念书，这使我很诧异。他四五十岁的样子，又是个买卖人，怎么要念书呢？过了好些时候，他说要念庄子。白话文他说不用念，一看就明白，那不算学问。

　　郎华该怎么办呢？郎华说："念庄子也可以。"

　　那胖子又说，每一星期要做一篇文章，要请先生改。郎华说，也可以。郎华为了钱，为了一点点的学费，这都可以。另一天早晨，又来一个年轻人，郎华不在家，他就坐在草褥上等着，他好像有肺病，一面看床上的旧报纸，一面问我：

　　"门外那张纸贴上写着教武术，每月五元，不能少点吗？"

　　"等一等再讲吧！"我说。

　　他规规矩矩，很无聊地坐着。大约十分钟又过去了！郎华怎么还不回来，我很着急。得一点教书钱，好像做一笔买卖似的。我想这笔买卖是做不成了，那人直要走。

"你等一等，就回来的，就回来的。"

结果不能等，临走时向我告诉：

"我有肺病，我是从'大罗新'（商店）下来的，一年了，病也不好，医生叫我运动运动。吃药花钱太多，也不能吃了！运动总比挺着强。昨天我看报上有广告，才知道这里教武术。先生回来，请向先生说说，学费少一点。"

从家庭教师广告登出去，就有人到这里治病，念庄子，还有人要练"飞檐走壁"，问先生会不会"飞檐走壁"。

那天，又是郎华不在家，来一个人，还没有坐定，他就走了。他看一看床上就是一张光身的草褥，被子卷在床头，灰色的棉花从破孔流出来，我想去折一下，又来不及。那人对准地下两只破鞋打量着。他的手杖和眼镜都闪着光，在他看来，教武术的先生不用问是个讨饭的家伙。

提篮者

提篮人,他的大篮子,长形面包,圆面包……每天早晨他带来诱人的麦香,等在过道。

我数着……三个,五个,十个……把所有的铜板给了他。一块黑面包摆在桌子上。郎华回来第一件事,他在面包上掘了一个洞,连帽子也没脱,就嘴里嚼着,又去找白盐。他从外面带进来的冷空气发着腥味。他吃面包,鼻子时时滴下清水滴。

"来吃啊!"

"就来。"我拿了刷牙缸,跑下楼去倒开水。回来时,面包差不多只剩硬壳在那里。他紧忙说:

"我吃得真快,怎么吃得这样快?真自私,男人真自私。"只端起牙缸来喝水,他再不吃了!我再叫他吃他也不吃。只说:

"饱了,饱了!吃去你的一半还不够吗?男人不好,只顾自己。你的病刚好,一定要吃饱的。"

他给我讲他怎样要开一个"学社",教武术,还教什么什么……这时候,他的手已凑到面包壳上去,并且另一只手也来了!扭了一块下去,已经送到嘴里,已经咽下去,他也没有发觉;第二次又来扭,可是说了:

"我不应该再吃,我已经吃饱。"

他的帽子仍没有脱掉,我替他脱了去,同时送一块面包皮到他的嘴上。

喝开水,他也是一直喝,等我向他要,他才给我。

"晚上,我领你到饭馆去吃。"我觉得很奇怪,没钱怎么可以到饭馆去吃呢!

"吃完就走,这年头不吃还饿死?"他说完,又去倒开水。

第二天,挤满面包的大篮子已等在过道。我始终没推开门。门外有别人在买,即使不开门,我也好像嗅到麦香。对面包,我害怕起来,不是我想吃面包,怕是面包要吞了我。

"列巴,列巴!"哈尔滨叫面包作"列巴",卖面包的人打着我们的门在招呼。带着心惊,买完了说:

"明天给你钱吧,没有零钱。"

星期日,家庭教师也休息,只有休息,连早饭也没有。提篮人在打门,郎华跳下床去,比猫跳得更得法,轻快,无声。我一动不动,"列巴"就摆在门口。郎华光着脚,只穿一件短裤,衬衣搭在肩上,胸膛露在外面。

一块黑面包,一角钱。我还要五分钱的"列巴圈",那人用绳穿起来。我还说:"不用,不用。"我打算就要吃了!我伏在床上,把头抬起来,正像见了桑叶而抬头的蚕一样。

可是,立刻受了打击,我眼看着那人从郎华的手上把面包夺回去,五个"列巴圈"也夺回去。

"明早一起取钱不行吗?"

"不行,昨天那半角也给我吧!"

我充满口涎的舌头向嘴唇舐了几下,不但"列巴圈"没有吃到,把所有的铜板又都带走了。

"早饭吃什么呀?"

"你说吃什么?"锁好门,他回到床上时,冰冷的身子贴住我。

搬　家

搬家！什么叫搬家？移了一个窝就是啦！

一辆马车，载了两个人，一个条箱，行李也在条箱里。车行在街口了，街车，行人道上的行人，店铺大玻璃窗里的"模特儿"……汽车驰过去了，别人的马车赶过我们急跑，马车上面似乎坐着一对情人，女人的卷发在帽檐外跳舞，男人的长臂没有什么用处一般，只为着一种表示，才遮住女人的背后。马车驰过去了，那一定是一对情人在兜风……只有我们是搬家。天空有水状的和雪融化春冰状的白云，我仰望着白云，风从我的耳边吹过，使我的耳朵鸣响。

到了：商市街××号。

他夹着条箱，我端着脸盆，通过很长的院子，在尽那头，第一下来拉开门的是郎华，他说："进去吧！"

"家"就这样地搬来，这就是"家"。

一个男孩，穿着一双很大的马靴，跑着跳着喊："妈……我老师搬来啦!"

这就是他教武术的徒弟。

借来的那张铁床,从门也抬不进来,从窗也抬不进来。抬不进来,真的就要睡地板吗?光着身子睡吗?铺什么?

"老师,用斧子打吧。"穿长靴的孩子去找到一柄斧子。

铁床已经站起,塞在门口,正是想抬出去也不能够的时候,郎华就用斧子打,铁击打着铁发出震鸣,门顶的玻璃碎了两块,结果床搬进来了,光身子放在地板中央。又向房东借一张桌子和两把椅子。

郎华走了,说他去买水桶、菜刀、饭碗……

我的肚子因为冷,也许因为累,又在作痛。走到厨房去看,炉中的火熄了。未搬来之前,也许什么人在烤火,所以炉中尚有木样在燃。

铁床露着骨,玻璃窗渐渐结上冰来。下午了,阳光失去了暖力,风渐渐卷着沙泥来吹打窗子……用冷水擦着地板,擦着窗台……等到这一切做完,再没有别的事可做的时候,我感到手有点痛,脚也有点痛。

这里不像旅馆那样静,有狗叫,有鸡鸣……有人吵嚷。

把手放在铁炉板上也不能暖了,炉中连一颗火星也灭掉。肚子痛,要上床去躺一躺,哪里是床!冰一样的铁条,怎么敢去接近!

我饿了,冷了,我肚痛,郎华还不回来,有多么不耐烦!连一只表也没有，连时间也不知道。多么无趣，多么寂寞的家呀！我好像落下井的鸭子一般寂寞并且隔绝。肚痛、寒冷和饥饿伴着我……什么家？简直是夜的广场，没有阳光，没有温暖。

门扇大声哐啷哐啷地响，是郎华回来，他打开小水桶的盖给我看：小刀，筷子，碗，水壶，他把这些都摆出来，纸包里的白米也倒出来。

只要他在我身旁，饿也不难忍了，肚痛也轻了。买回来的草褥放在门外，我还不知道，我问他：

"是买的吗？"

"不是买的，是哪里来的！"

"钱，还剩多少？"

"还剩！怕是不够哩！"

等他买木桦回来，我就开始点火。站在火炉边，居然也和小主妇一样调着晚餐。油菜烧焦了，白米饭是半生就吃了，说它是粥，比粥还硬一点；说它是饭，比饭还黏一点。这是说我做了"妇人"，不做妇人，哪里会烧饭？不做妇人，哪里懂得烧饭？

晚上，房主人来时，大概是取着拜访先生的意义来的！房主人就是穿马靴那个孩子的父亲。

"我三姐来啦！"过一刻，那孩子又打门。

我一点也不能认识她，她说她在学校时每天差不多都看见我，不管在操场或是礼堂。我的名字她还记得很熟。

"也不过三年，就忘得这样厉害……你在哪一班？"我问。

"第九班。"

"第九班，和郭小娴一班吗？郭小娴每天打球，我倒认识她。"

"对啦，我也打篮球。"

但无论如何我也想不起来，坐在我对面的简直是一个从未见过的面孔。

"那个时候，你十几岁呢？"

"十五岁吧！"

"你太小啊，学校是多半不注意小同学的。"我想了一下，我笑了。

她卷皱的头发，挂胭脂的嘴，比我好像还大一点，因为回忆完全把我带回往昔的境地去。其实，我是二十二了，比起她来怕是已经老了。尤其是在蜡烛光里，假若有镜子让我照一下，我一定惨败得比三十岁更老。

"三姐！你老师来啦。"

"我去学俄文。"她弟弟在外边一叫她，她就站起来说。

很爽快，完全是少女风度，长身材，细腰，闪出门去。

最末的一块木样

火炉烧起又灭，灭了再弄着，灭到第三次，我恼了！我再不能抑止我的愤怒，我想冻死吧，饿死吧，火也点不着，饭也烧不熟。就是那天早晨，手在铁炉门上烫焦了两条，并且把指甲烧焦了一个缺口。火焰仍是从炉门喷吐，我对着火焰生气，女孩子的娇气毕竟没有脱掉。我向着窗子，心很酸，脚也冻得很痛，打算哭了。但过了好久，眼泪也没有流出，因为已经不是娇子，哭什么？

烧晚饭时，只剩一块木样，一块木样怎么能生火呢？那样大的炉腔，一块木样只能占去炉腔的二十分之一。

"睡下吧，屋子太冷。什么时候饿，就吃面包。"郎华抖着被子招呼我。

脱掉袜子，腿在被子里面团蜷着。想要把自己的脚放到自己肚子上面暖一暖，但是不可能，腿生得太长了，实在感到不便，腿实在是无用。在被子里面也要颤抖似的。窗子上的霜，已经挂得那样厚，并且四壁的绿颜色，涂着金边，这一些更使人感到冷。两个人的呼吸像冒着烟一般的。玻璃上的霜好像柳絮落到河面,密结地起着绒毛。夜来时也不知道,天明时也不知道,是个没有明暗的幽室,人住在里面,正像菌类。

半夜我就醒来,并不饿,只觉得冷。郎华光着身子跳起来。点起蜡烛,到厨房去喝冷水。

"冻着,也不怕受寒!"

"你看这力气!怕冷?"他的性格是这样,逞强给我看。上床,他还在自己肩头上打了两下。我暖着他冰冷的身子颤抖了。都说情人的身子比火还热,到此时,我不能相信这话了。

第二天,仍是一块木柈。他说,借吧!

"向哪里借!"

"向汪家借。"

写了一张纸条,他站在门口喊他的学生汪玉祥。

老厨夫抱了满怀的木柈来叫门。

不到半点钟,我的脸一定也红了,因为郎华的脸红起来。窗子滴着水,水从窗口流到地板上,窗前来回走人也看得清,窗前哺食的小鸡也看得清,黑毛的,红毛的,也有花毛的。

"老师,练武术吗?九点钟啦!"

"等一会,吃完饭练武术!"

有了木柈,还没有米,等什么?越等越饿。他教完武术,又跑出去借钱,等他借了钱买了一大块厚饼回来,木柈又只剩了一块。

这可怎么办？晚饭又不能吃。

对着这一块木柈，又爱它，又恨它，又可惜它。

黑"列巴"和白盐

玻璃窗子又慢慢结起霜来,不管人和狗经过窗前,都辨认不清楚。

"我们不是新婚吗?"他这话说得很响,他唇下的开水杯起一个小圆波浪。他放下杯子,在黑面包上涂一点白盐送下喉去。大概是面包已不在喉中,他又说:

"这不正是度蜜月吗!"

"对的,对的。"我笑了。

他连忙又取一片黑面包,涂上一点白盐,学着电影上那样度蜜月,把涂盐的"列巴"先送上嘴,我咬了一下,而后他才去吃。一定盐太多了,舌尖感到不愉快,他连忙去喝水:

"不行不行,再这样度蜜月,把人咸死了。"

盐毕竟不是奶油,带给人的感觉一点也不甜,一点也不香。我坐在旁边笑。

光线完全不能透进屋来,四面是墙,窗子已经无用,像封闭了的洞门似的,与外界绝对隔离开。天天就生活在这里边。素食,有时候不食,好像传说上要成仙的人在这地方苦修苦炼。很有成绩,修炼得倒是不错了,脸也黄了,骨头也瘦了。我的眼睛越来越扩大,他的颊骨和木块一样突在腮边。这些功夫都做到,只是还没成仙。

"借钱","借钱",郎华每日出去"借钱"。他借回来的钱总是很少,三角,五角,借到一元,那是很稀有的事。

黑"列巴"和白盐,许多日子成了我们唯一的生命线。

度　日

　　天色连日阴沉下去，一点光也没有，完全灰色，灰得怎样程度呢？那和墨汁混到水盆中一样。

　　火炉台擦得很亮了，碗、筷子、小刀摆在格子上。清早起第一件事点起火炉来，而后擦地板，铺床。

　　炉铁板烧得很热时，我便站到火炉旁烧饭，刀子、匙子弄得很响。炉火在炉腔里起着小的爆炸，饭锅腾着气，葱花炸到油里，发出很香的烹调的气味。我细看葱花在油边滚着，渐渐变黄起来……小洋刀好像剥着梨皮一样，把土豆刮得很白，很好看，去了皮的土豆呈乳黄色，柔和而有弹力。炉台上铺好一张纸，把土豆再切成薄片。饭已熟，土豆煎好。打开小窗望了望，院心几条小狗在戏耍。

　　家庭教师还没有下课，菜和米香引我回到炉前再吃两口，用匙子调一下饭，再调一下菜，很忙的样子像在偷吃。在地板上走了又走，一个钟头的课程还不到吗？于是再打开锅盖吞下几口。再从小窗望一望。我快要吃饱的时候，他才回来。习惯上知道一定是他，他都是在院心大声弄着嗓子响。我藏在门后等他,有时候我不等他寻到,就作着怪声跳出来。

早饭吃完以后,就是洗碗,刷锅,擦炉台,摆好木格子。假如有表,怕是十一点还多了!

再过三四个钟头,又是烧晚饭。他出去找职业,我在家里烧饭,我在家里等他。火炉台,我开始围着它转走起来。每天吃饭,睡觉,愁柴,愁米……

这一切给我一个印象:这不是孩子时候了,是在过日子,开始过日子。

飞 雪

是晚间，正在吃饭的时候，管门人来告诉：

"外面有人找。"

踏着雪，看到铁栅栏外我不认识的一个人，他说他是来找武术教师。那么这人就跟我来到房中，在门口他找擦鞋的东西，可是没有预备那样完备。表示着很对不住的样子，他怕是地板会弄脏的。厨房没有灯，经过厨房时，那人为了脚下的雪差不多没有跌倒。

一个钟头过去了吧！我们的面条在碗中完全凉透，他还没有走，可是他也不说"武术"究竟是学不学，只是在那里用手帕擦一擦嘴，揉一揉眼睛，他是要睡着了！我一面用筷子调一调快凝住的面条，一面看他把外衣的领子轻轻地竖起来，我想这回他一定是要走。然而没有走，或者是他的耳朵怕受冻，用皮领来取一下暖，其实，无论如何在屋里也不会冻耳朵，那么他是想坐在椅子上睡觉吗？这里是睡觉的地方？

结果他也没有说"武术"是学不学，临走时他才说：

"想一想……想一想……"

常常有人跑到这里来想一想,也有人第二次他再来想一想。立刻就决定的人一个也没有,或者是学或者是不学。看样子当面说不学,怕人不好意思,说学,又觉得学费不能再少一点吗?总希望武术教师把学费自动减少一点。

我吃饭时很不安定,替他挑碗面,替自己挑碗面,一会又剪一剪灯花,不然蜡烛颤嗦得使人很不安。

两个人一句话也不说,对着蜡烛吃着冷面。雪落得很大了!出去倒脏水回来,头发就是湿的。从门口望出去,借了灯光,大雪白茫茫,一刻就要倾满人间似的。

郎华披起才借来的夹外衣,到对面的屋子教武术。他的两只空袖口没进大雪片中去了。我听他开着对面那房子的门。那间客厅光亮起来。我向着窗子,雪片翻飞倒倾忙着,寂寞并且严肃的夜,围临着我,终于起着咳嗽关了小窗。找到一本书,读不上几页,又打开小窗,雪大了呢?还是小了?人在无聊的时候,风雨,总之一切天象会引起注意来。雪飞得更忙迫,雪片和雪片交织在一起。

很响的鞋底打着大门过道,走在天井里,鞋底就减轻了声音。我知道是汪林回来了。那个旧日的同学,我没能看见她穿的是中国衣裳或是外国衣裳,她停在门外的木阶上在按铃。小使女,也就是小丫鬟开了门,一面问:

"谁?谁?"

"是我,你还听不出来!谁!谁!"她有点不耐烦,小姐们有了青春更骄傲,可是做丫鬟的一点也不知道这个。假若不是落雪,一定能看到那女孩是怎样无知地把头缩回去。

又去读读书,又来看看雪,读了很多页了,但什么意思呢?我也不知道。因为我心里只记得:落大雪,天就转寒。那么从此我不能出屋了吧?郎华没有皮帽,他的衣裳没有皮领,耳朵一定要冻伤的吧?

在屋里,只要火炉生着火,我就站在炉边,或者更冷的时候,我还能坐到铁炉板上去把自己煎一煎。若没有木柈,我就披着被坐在床上,一天不离床,一夜不离床,但到外边可怎么能去呢?披着被上街吗?那还可以吗?

我把两只脚伸到炉腔里去,两腿伸得笔直,就这样在椅子上对着门看书;哪里看书,假看,无心看。

郎华一进门就说:"你在烤火腿吗?"

我问他:"雪大小?"

"你看这衣裳!"他用面巾打着外套。

雪,带给我不安,带给我恐怖,带给我终夜各种不舒适的梦……一大群小猪沉下雪坑去……麻雀冻死在电线上,麻雀虽然死了,仍挂在电线上。行人在旷野白色的大树里,一排一排地僵直着,还有一些把四肢都冻丢了。

这样的梦以后,但总不能知道这是梦,渐渐明白些时,才紧抱

住郎华,但总不能相信这不是真事。我说:

"为什么要做这样的梦?照迷信来说,这可不知怎样?"

"真糊涂,一切要用科学方法来解释,你觉得这梦是一种心理,心理是从哪里来的?是物质的反映。你摸摸你这肩膀,冻得这样凉,你觉到肩膀冷,所以,你做那样的梦!"很快地他又睡去。留下我觉得风从棚顶,从床底都会吹来,冻鼻头,又冻耳朵。

夜间,大雪又不知落得怎样了!早晨起来,一定会推不开门吧!记得爷爷说过:大雪的年头,小孩站在雪里露不出头顶……风不住扫打窗子,狗在房后哽哽地叫……

从冻又想到饿,明天没有米了。

他的上唇挂霜了

　　他夜夜出去在寒月的清光下,到五里路远一条僻街上去教两个人读国文课本。这是新找到的职业,不能说是职业,只能说新找到十五元钱。

　　秃着耳朵,夹外套的领子还不能遮住下巴,就这样夜夜出去,一夜比一夜冷了!听得见人们踏着雪地的响声也更大。他带着雪花回来,裤子下口全是白色,鞋也被雪浸了一半。

　　"又下雪吗?"

　　他一直没有回答,像是同我生气。把袜子脱下来,雪积满他的袜口,我拿他的袜子在门扇上打着,只有一小部分雪星是震落下来,袜子的大部分全是潮湿了的。等我在火炉上烘袜子的时候,一种很难忍的气味满屋散布着。

　　"明天早晨晚些吃饭,南岗有一个要学武术的。等我回来吃。"他说这话,完全没有声色,把声音弄得很低很低……或者他想要严肃一点,也或者他把这事故意看作平凡的事。总之,我不能猜到了!

他赤了脚。穿上"傻鞋",去到对门上武术课。

"你等一等,袜子就要烘干的。"

"我不穿。"

"怎么不穿,汪家有小姐的。"

"有小姐,管什么?"

"不是不好看吗?"

"什么好看不好看!"他光着脚去,也不怕小姐们看,汪家有两个很漂亮的小姐。

他很忙,早晨起来,就跑到南岗去,吃过饭,又要给他的小徒弟上国文课。一切忙完了,又跑出去借钱。晚饭后,又是教武术,又是去教中学课本。

夜间,他睡觉醒也不醒转来,我感到非常孤独了!白昼使我对着一些家具默坐,我虽生着嘴,也不言语;我虽生着腿,也不能走动;我虽生着手,而也没有什么做,和一个废人一般,有多么寂寞!连视线都被墙壁截止住,连看一看窗前的麻雀也不能够,什么也不能够,玻璃生满厚的和绒毛一般的霜雪。这就是"家",没有阳光,没有温暖,没有声,没有色,寂寞的家,穷的家,不生毛草荒凉的广场。

我站在小过道窗口等郎华,我的肚子很饿。

铁门扇响了一下,我的神经便要震荡一下,铁门响了无数次,来来往往都是和我无关的人。汪林她很大的皮领子和她很响的高跟鞋相配称,她摇摇晃晃,满满足足,她的肚子想来很饱很饱,向我笑了笑,滑稽的样子用手指点我一下:

"啊!又在等你的郎华……"她快走到门前的木阶,还说着:
"他出去,你天天等他,真是怪好的一对!"

她的声音在冷空气里来得很脆,也许是少女们特有的喉咙。对于她,我立刻把她忘记,也许原来就没把她看见,没把她听见。假若我是个男人,怕是也只有这样。肚子响叫起来。

汪家厨房传出来炒酱的气味,隔得远我也会嗅到,他家吃炸酱面吧!炒酱的铁勺子一响,都像说:炸酱,炸酱面……

在过道站着,脚冻得很痛,鼻子流着鼻涕。我回到屋里,关好二层门,不知是想什么,默坐了好久。

汪林的二姐到冷屋去取食物,我去倒脏水见她,平日不很说话,很生疏,今天她却说:

"没去看电影吗?这个片子不错,胡蝶主演。"她蓝色的大耳环永远吊荡着不能停止。

"没去看。"我的袍子冷透骨了!

"这个片很好,煞尾是结了婚,看这片子的人都猜想,假若演下去,那是怎么美满的……"

她热心地来到门缝边,在门缝我也看到她大长的耳环在摆动。

"进来玩玩吧!"

"不进去，要吃饭啦！"

郎华回来了，他的上唇挂霜了！汪二小姐走得很远时，她的耳环和她的话声仍震荡着："和你度蜜月的人回来啦，他来了。"

好寂寞的，好荒凉的家呀！他从口袋取出烧饼来给我吃。他又走了，说有一家招请电影广告员，他要去试试。

"什么时候回来？什么时候回来？"我追赶到门外问他，好像很久捉不到的鸟儿，捉到又飞了！失望和寂寞，虽然吃着烧饼，也好像饿倒下来。

小姐们的耳环，对比着郎华的上唇挂着的霜。对门居着，他家的女儿看电影，戴耳环；我家呢？我家……

当　铺

"你去当吧！你去当吧，我不去！"

"好，我去，我就愿意进当铺，进当铺我一点也不怕，理直气壮。"

新做起来的我的棉袍，一次还没有穿，就跟着我进当铺去了！在当铺门口稍微徘徊了一下，想起出门时郎华要的价目——非两元不当。

包袱送到柜台上，我是仰着脸，伸着腰，用脚尖站起来送上去的，真不晓得当铺为什么摆起这么高的柜台！

那戴帽头的人翻着衣裳看，还不等他问，我就说了：

"两块钱。"

他一定觉得我太不合理，不然怎么连看我一眼也没看，就把东西卷起来，他把包袱仿佛要丢在我的头上，他十分不耐烦的样子。

"两块钱不行，那么，多少钱呢？"

"多少钱不要。"他摇摇像长西瓜形的脑袋，小帽头顶尖的红帽球，也跟着摇了摇。

我伸手去接包袱，我一点也不怕，我理直气壮，我明明知道他故意作难，正想把包袱接过来就走。猜得对对的，他并不把包袱真给我。

"五毛钱！这件衣服袖子太瘦，卖不出钱来……"

"不当。"我说。

"那么一块钱……再可不能多了，就是这个数目。"他把腰微微向后弯一点，柜台太高，看不出他突出的肚囊……一只大手指，就比在和他太阳穴一般高低的地方。

带着一元票子和一张当票，我快快地走，走起路来感到很爽快，默认自己是很有钱的人。菜市、米店我都去过，臂上抱了很多东西，感到非常愿意抱这些东西，手冻得很痛，觉得这是应该，对于手一点也不感到可惜，本来手就应该给我服务，好像冻掉了也不可惜。走在一家包子铺门前，又买了十个包子，看一看自己带着这些东西，很骄傲，心血时时激动，至于手冻得怎样痛，一点也不可惜。路旁遇见一个老叫花子，又停下来给他一个大铜板，我想我有饭吃，他也是应该吃啊！然而没有多给，只给一个大铜板，那些我自己还要用呢！又摸一摸当票也没有丢，这才重新走，手痛得什么心思也没有了，快到家吧！快到家吧。但是，背上流了汗，腿觉得很软，眼睛有些刺痛，走到大门口，才想起来从搬家还没有出过一次街，走路腿也无力，太阳光也怕起来。

又摸一摸当票才走进院去。郎华仍躺在床上,和我出来的时候一样,他还不习惯于进当铺。他是在想什么。拿包子给他看,他跳起来:

"我都饿啦,等你也不回来了。"

十个包子吃去一大半,他才细问:"当多少钱?当铺没欺负你?"

把当票给他,他瞧着那样少的数目:

"才一元,太少。"

虽然说当得的钱少,可是又愿意吃包子,那么结果很满足。他在吃包子的嘴,看起来比包子还大,一个跟着一个,包子消失尽了。

同命运的小鱼

我们的小鱼死了。它从盆中跳出来死的。

我后悔,为什么要出去那么久!为什么只贪图自己的快乐而把小鱼干死了!

那天鱼放到盆中去洗的时候,有两条又活了,在水中立起身来。那么只用那三条死的来烧菜。鱼鳞一片一片地掀掉,沉到水盆底去;肚子剥开,肠子流出来。我只管掀掉鱼鳞,我还没有洗过鱼,这是试着干,所以有点害怕,并且冰凉的鱼的身子,我总会联想到蛇;剥鱼肚子我更不敢了。郎华剥着,我就在旁边看,然而看也有点躲躲闪闪,好像乡下没有教养的孩子怕着已死的猫会还魂一般。

"你看你这个无用的,连鱼都怕。"说着,他把已经收拾干净的鱼放下,又剥第二个鱼肚子。这回鱼有点动,我连忙扯了他的肩膀一下:"鱼活啦,鱼活啦!"

"什么活啦!神经质的人,你就看着好啦!"他逞强一般地在鱼肚子上划了一刀，鱼立刻跳动起来，从手上跳下盆去。

"怎么办哪？"这回他向我说了。我也不知道怎么办。他从水中摸出来看看，好像鱼会咬了他的手，马上又丢下水去。鱼的肠子流在外面一半，鱼是死了。

"反正也是死了，那就吃了它。"

鱼再被拿到手上，一些也不动弹。他又安然地把它收拾干净。直到第三条鱼收拾完，我都是守候在旁边，怕看又想看。第三条鱼是全死的，没有动。盆中更小的一条很活泼了，在盆中转圈。另一条怕是要死，立起不多时又横在水面。

火炉的铁板热起来，我的脸感觉烤痛时，锅中的油翻着花。

鱼就在大炉台的菜板上，就要放到油锅里去。我跑到二层门去拿油瓶，听得厨房里有什么东西跳起来，噼噼啪啪的。他也来看。盆中的鱼仍在游着，那么菜板上的鱼活了，没有肚子的鱼活了，尾巴仍打得菜板很响。

这时我不知该怎样做，我怕看那悲惨的东西。躲到门口，我想：不吃这鱼吧。然而它已经没有肚子了，可怎样再活？我的眼泪都跑上眼睛来，再不能看了。我转过身去，面向着窗子。窗外的小狗正在追逐那红毛鸡，房东的使女小菊挨过打以后到墙根处去哭……

这是凶残的世界，失去了人性的世界，用暴力毁灭了它吧！毁灭了这些失去了人性的东西！

晚饭的鱼是吃的，可是很腥，我们吃得很少，全部丢到垃圾箱去。

剩下来两条活的就在盆里游泳。夜间睡醒时，听见厨房里有乒乓的水声。点起洋烛去看一下。可是我不敢去，叫郎华去看。

"盆里的鱼死了一条，另一条鱼在游水响……"

到早晨，用报纸把它包起来，丢到垃圾箱去。只剩一条在水中上下游着，又为它换了一盆水，早饭时又丢了一些饭粒给它。

小鱼两天都是快活的，到第三天忧郁起来，看了几次，它都是沉到盆底。

"小鱼都不吃食啦，大概要死吧？"我告诉郎华。

他敲一下盆沿，小鱼走动两步；再敲一下，再走动两步……不敲，它就不走，它就沉下去。

又过一天，小鱼的尾巴也不摇了，就是敲盆沿，它也不动一动尾巴。

"把它送到江里一定能好，不会死。它一定是感到不自由才忧愁起来！"

"怎么送呢？大江还没有开冻，就是能找到一个冰洞把它塞下去，我看也要冻死，再不然也要饿死。"我说。

郎华笑了。他说我像玩鸟的人一样，把鸟放在笼子里给它米子吃，就说它没有悲哀了，就说比在山里好得多，不会冻死，不会饿死。

"有谁不爱自由呢？海洋爱自由，野兽爱自由，昆虫也爱自由。"郎华又敲了一下水盆。

小鱼只悲哀了两天，又畅快起来，尾巴打着水响。我每天在火边烧饭，一边看着它，好像生过病又好起来的自己的孩子似的，更珍贵一点，更爱惜一点。天真太冷，打算过了冷天就把它放到江里去。

我们每夜到朋友那里去玩，小鱼就自己在厨房里过个整夜。它什么也不知道，它也不怕猫会把它攫了去，它也不怕耗子会使它惊跳。我们半夜回来也要看看，它总是安安然然地游着。家里没有猫，知道它没有危险。

又一天就在朋友那里过的夜，终夜是跳舞，唱戏。第二天晚上才回来。时间太长了，我们的小鱼死了！

第一步踏进门的是郎华，差一点没踏碎那小鱼。点起洋烛去看，还有一点呼吸，腮还轻轻地抽着。我去摸它身上的鳞，都干了。小鱼是什么时候跳出水的？是半夜？是黄昏？耗子惊了你，还是你听到了猫叫？

蜡油滴了满地，我举着蜡烛的手，不知歪斜到什么程度。

屏着呼吸，我把鱼从地板上拾起来，再慢慢把它放到水里，好像亲手让我完成一件丧仪。沉重的悲哀压住了我的头，我的手也颤抖了。

短命的小鱼死了！是谁把你摧残死的？你还那样幼小，来到世界——说你来到鱼群吧，在鱼群中你还是幼芽一般正应该生长的，可是你死了！

郎华出去了，把空漠的屋子留给我。他回来时正在开门，我就赶上去说："小鱼没死，小鱼又活啦！"我一面拍着手，眼泪就要流出来。我到桌子上去取蜡烛。他敲着盆沿，没有动，鱼又不动了。

"怎么又不会动了？"手到水里去把鱼立起来，可是它又横过去。

"站起来吧。你看蜡油啊！……"他拉我离开盆边。

小鱼这回是真死了！可是过一会又活了。这回我们相信小鱼绝对不会死，离水的时间太长，复一复原就会好的。

半夜郎华起来看，说它一点也不动了，但是不怕，那一定是又在休息。我招呼郎华不要动它，小鱼在养病，不要搅扰它。

亮天看它还在休息，吃过早饭看它还在休息。又把饭粒丢进盆中。我的脚踏起地板来也放轻些，只怕把它惊醒，我说小鱼是在睡觉。

这睡觉就再没有醒。我用报纸包它起来，鱼鳞沁着血，一只眼睛一定是在地板上挣跳时弄破的。

就这样吧，我送它到垃圾箱去。

门前的黑影

从昨夜，对于震响的铁门更怕起来，铁门扇一响，就跑到过道去看，看过四五次都不是，但愿它不是。清早了，某个学校的学生，他是郎华的朋友，他戴着学生帽，进屋也没有脱，他连坐下也不坐下就说：

"风声很不好，关于你们，我们的同学弄去了一个。"

"什么时候？"

"昨天。学校已经放假了，他要回家还没有走。今天一早又来日本宪兵，把全宿舍检查一遍，每个床铺都翻过，翻出一本《战争与和平》来……"

"《战争与和平》又怎么样？"

"你要小心一点，听说有人要给你放黑箭。"

"我又不反满，不抗日，怕什么？"

"别说这一套话，无缘无故就要捕人，你看，把《战争与和平》那本书就带了去，说是调查调查，也不知道调查什么？"

说完他就走了。问他想放黑箭的是什么人？他不说。过一会，又来一个人，同样是慌张，也许近些日子看人都是慌张的。

"你们应该躲躲，不好吧！外边都传说剧团不是个好剧团。那个团员出来了没有？"

我们送走了他，就到公园走走。冰池上小孩们在上面滑着冰，日本孩子，俄国孩子……中国孩子……

我们绕着冰池走了一周，心上带着不愉快……所以彼此不讲话，走得很沉闷。

"晚饭吃面吧！"他看到路北那个切面铺才说，我进去买了面条。

回到家里，书也不能看，俄语也不能读，开始慢慢预备晚饭吧！虽然在预备吃的东西也不高兴，好像不高兴吃什么东西。木格上的盐罐装着满满的白盐，盐罐旁边摆着一包大海米，酱油瓶，醋瓶，香油瓶，还有一罐炸好的肉酱。墙角有米袋，面袋，桦子房满堆着木桦……这一些并不感到满足，用肉酱拌面条吃，倒不如去年米饭拌着盐吃舒服。

"商市街"口，我看到一个人影，那不是寻常的人影，那像日本宪兵。我继续前走，怕是郎华知道要害怕。

走了十步八步，可是不能再走了！那穿高筒皮靴的人在铁门外盘旋。我停止下，想要细看一看。郎华和我同样，他也早就注意上这人。我们想逃。他是在门口等我们吧！不用猜疑，路南就停着小

"电驴子",并且那日本人又走到路南来,他的姿式表示着他的耳朵也在倾听。

不要家了,我们想逃,但是逃向哪里呢?

那日本人连刀也没有佩,也没有别的武装,我们有点不相信他就会抓人。我们走进路南的洋酒面包店去,买了一块面包,我并不要买肠子,掌柜的就给切了肠子,因为我是聚精会神地在注意玻璃窗外的事情。那没有佩刀的日本人转着弯子慢慢走掉了。

这真是一场大笑话,我们就在铺子里消费了三角五分钱……从玻璃门出来,带着三角五分钱的面包和肠子。假若是更多的钱在那当儿就丢在马路上,也不觉得可惜……

"要这东西做什么呢?明天袜子又不能买了。"事件已经过去,我懊悔地说。

"我也不知道,谁叫你进去买的?想怨谁?"

郎华在前面哐哐地开着门,屋中的热气快扑到脸上来。

拍卖家具

似乎带着伤心,我们到厨房检查一下,水壶,水桶,小锅这一些都要卖掉,但是并不是第一次检查,从想走那天起,我就跑到厨房来计算,三角二角,不知道这样计算多少回,总之一提起"走"字来便去计算,现在可真的要出卖了。

旧货商人就等在门外。

他估着价:水壶,面板,水桶,饭锅,三只饭碗,酱油瓶子,豆油瓶子,一共值五角钱。

我们没有答话,意思是不想卖了。

"五毛钱不少。你看,这锅漏啦!水桶是旧水桶,买这东西也不过几毛钱,面板这块板子,我买它没有用,饭碗也不值钱……"他一只手向上摇着,另一只手翻着摆在地上的东西,他很看不起这东西:"这还值钱?这还值钱?"

"不值钱,我也不卖。你走吧!"

"这锅漏啦!漏锅……"他的手来回地推动锅底,嘭响一声,再嘭响一声。

我怕他把锅底给弄掉下来,我很不愿意:"不卖了,你走吧!"

"你看这是废货,我买它卖不出钱来。"

我说:"天天烧饭,哪里漏呢?"

"不漏,眼看就要漏,你摸摸这锅底有多么薄?"最后,他又在小锅底上很留恋地敲了两下。

小锅第二天早晨又用它烧了一次饭吃,这是最后的一次。我伤心,明天它就要离开我们到别人家去了!永远不会再遇见,我们的小锅。没有钱买米的时候,我们用它盛着开水来喝;有米太少的时候,就用它煮稀饭给我们吃。现在它要去了!

共患难的小锅呀!与我们别开,伤心不伤心?

旧棉被、旧鞋和袜子,卖空了!空了……

还有一支剑,我也想着拍卖它,郎华说:

"送给我的学生吧!因为剑上刻着我的名字,卖是不方便的。"

前天,他的学生听说老师要走,哭了。

正是练武术的时候,那孩子手举着大刀,流着眼泪。

最后的一个星期

刚下过雨,我们踏着水淋的街道,在中央大街上徘徊,到江边去呢?还是到哪里去呢?

天空的云还没有散,街头的行人还是那样稀疏,任意走,但是再不能走了。

"郎华,我们应该规定个日子,哪天走呢?"

"现在三号,十三号吧!还有十天,怎么样?"

我突然站住,受惊一般地,哈尔滨要与我们别离了!还有十天,十天以后的日子,我们要过在车上,海上,看不见松花江了,只要"满洲国"存在一天,我们是不能来到这块土地。

李和陈成也来了,好像我们走,是应该走。

"还有七天,走了好啊!"陈成说。

为着我们走,老张请我们吃饭。吃过饭以后,又去逛公园。在公园又吃冰激凌,无论怎样总感到另一种滋味。公园的大树,公园夏日的风,沙土,花草,水池,假山,山顶的凉亭……这一切和往日两样,我没有像往日那样到公园里乱跑,我是安静静地走,脚下的沙土慢慢地在响。

夜晚屋中又剩了我一个人,郎华的学生跑到窗前。他偷偷观察着我,他在窗前走来走去,假装着闲走来观察我,来观察这屋中的事情,观察不足,于是问了:

"我老师上哪里去了?"

"找他做什么?"

"找我老师上课。"

其实那孩子平日就不愿意上课,他觉得老师这屋有个景况:怎么这些日子卖起东西来,旧棉花,破皮褥子……

要搬家吧?那孩子不能确定是怎么回事。他跑回去又把小菊也找出来,那女孩和他一般大,当然也觉得其中有个景况。我把灯闭上了,要收拾的东西,暂时也不收拾了!

躺在床上,摸摸墙壁,又摸摸床边,现在这还是我所接触的,再过七天,这一些都别开了。

小锅,小水壶,终归被旧货商人所提走,在商人手里发着响,闪着光,走出门去!那是前年冬天,郎华从破烂市买回来的。现在又将回到破烂市去。

卖掉小水壶,我的心情更不能压制住。不是用的自己的腿似的,到木柈房去看看许多木柈还没有烧尽,是卖呢?是送朋友?门后还有个电炉,还有双破鞋。

大炉台上失掉了锅，失掉了壶，不像个厨房样。

一个星期已经过去四天，心情随着时间更烦乱起来。也不能在家烧饭吃，到外面去吃，到朋友家去吃。

看到别人家的小锅，吃饭也不能安定。后来，睡觉也不能安定。

"明早六点钟就起来拉床，要早点起来。"

郎华说这话，觉得走是逼近了！必定得走了。好像郎华如不说，就不走了似的。

夜里想睡也睡不安。太阳还没出来，铁大门就响起来，我怕着，这声音要夺去我的心似的，昏茫地坐起来。郎华就跳下床去，两个人从床上往下拉着被子、褥子。枕头摔在脚上，忙忙乱乱，有人打着门，院子里的狗乱咬着。

马颈的铃铛就响在窗外，这样的早晨已经过去，我们遭了恶祸一般，屋子空空的了。

我把行李铺了铺，就睡在地板上。为了多日的病和不安，身体弱得快要支持不住的样子。郎华跑到江边去洗他的衬衫，他回来看到我还没有起来，他就生气：

"不管什么时候，总是懒。起来，收拾收拾，该随手拿走的东西，就先把它拿走。"

"有什么收拾的，都已收拾好。我再睡一会，天还早，昨夜我失眠了。"我的腿痛，腰痛，又要犯病的样子。

"要睡，收拾干净再睡，起来！"

铺在地板上的小行李也卷起来了。墙壁从四面直垂下来，棚顶一块块发着微黑的地方，是长时间点蜡烛被烛烟所熏黑的。说话的声音有些轰响。空了！在屋子里边走起来很旷荡……

还吃最后的一次早餐——面包和肠子。

我手提个包袱。郎华说：

"走吧！"他推开了门。

这正像乍搬到这房子郎华说"进去吧"一样，门开着我出来了，我腿发抖，心往下沉坠，忍不住这从没有落下来的眼泪，是哭的时候了！应该流一流眼泪。

我没有回转一次头走出大门，别了家屋！街车，行人，小店铺，行人道旁的杨树。转角了！

别了，"商市街"！

小包袱在手上挎着。我们顺了中央大街南去。

/ 萧 红 散 文 精 选 /

那些人，那些事

现在林小二在房头上站着，
高高的土丘在他的旁边，他弯下腰去，
一颗一颗地拾着地上的黄土块。
那些土块是院里的别的一些小朋友玩着抛下来的，
而他一块一块地从房子的临近拾开去。
一边拾着，他的嘴里一边念叨什么似的自己说着话，
他带着非常安闲而寂寞的样子。

小黑狗

像从前一样,大狗是睡在门前的木台上。望着这两只狗我沉默着。我自己知道又是想起我的小黑狗来了。

前两个月的一天早晨,我去倒脏水。在房后的角落处,房东的使女小钰蹲在那里。她的黄头发毛着,我记得清清的,她的衣扣还开着。我看见的是她的背面,所以我不能预测这是发生了什么!

我斟酌着我的声音,还不等我向她问,她的手已在颤抖。唔!她颤抖的小手上有个小狗在闭着眼睛,我问:

"哪里来的?"

"你来看吧!"

她说着,我只看她毛蓬的头发摇了一下,手上又是一个小狗在闭着眼睛。

不仅一个两个,不能辨清是几个,简直是一小堆。我也和孩子一样,和小钰一样欢喜着跑进屋去,在床边拉他的手:

"平森……啊……喔喔……"

我的鞋底在地板上响,但我没说出一个字来,我的嘴废物似的啊喔着。他的眼睛瞪住,和我一样,我是为了欢喜,他是为了惊愕。最后我告诉了他,是房东的大狗生了小狗。

过了四天,别的一只母狗也生了小狗。

以后小狗都睁开眼睛了。我们天天玩着它们,又给小狗搬了个家,把它们都装进木箱里。

争吵就是这天发生的:小钰看见老狗把小狗吃掉一只,怕是那只老狗把它的小狗完全吃掉,所以不同意小狗和那个老狗同居,大家就抢夺着把余下的三个小狗也给装进木箱去,算是那只白花狗生的。

那个毛褪得稀疏、骨骼突露、瘦得龙样似的老狗,追上来。白花狗仗着年轻不惧敌,哼吐着开仗的声音。平时这两条狗从不咬架,就连咬人也不会。现在凶恶极了,就像两条小熊在咬架一样。房东的男儿、女儿、听差、使女,又加我们两个,此时都没有用了。不能使两个狗分开。两个狗满院疯狂地拖跑。人也疯狂着。在人们吵闹的声音里,老狗的乳头脱掉一个,含在白花狗的嘴里。

人们算是把狗打开了。老狗再追去时,白花狗已经把乳头吐到地上,跳进木箱看护它的一群小狗去了。

脱掉乳头的老狗,血流着,痛得满院转走。木箱里它的三个小狗却拥挤着不是自己的妈妈,在安然地吃奶。

有一天,把个小狗抱进屋来放在桌上,它害怕,不能迈步,全身有些颤，我笑着像是得意，说：

"平森，看小狗啊！"

他却相反，说道：

"哼！现在觉得小狗好玩，长大要饿死的时候，就无人管了。"

这话间接地可以了解。我笑着的脸被这话毁坏了，用我寞寞的手，把小狗送了出去。我心里有些不愿意，不愿意小狗将来饿死。可是我却没有说什么，面向后窗，我看望后窗外的空地；这块空地没有阳光照过，四面立着的是有产阶级的高楼，几乎是和阳光绝了缘。不知什么时候，小狗是腐了，烂了，挤在木板下，左近有苍蝇飞着。我的心情完全神经质下去，好像躺在木板下的小狗就是我自己，像听着苍蝇在自己已死的尸体上寻食一样。

平森走过来，我怕又要证实他方才的话。我假装无事，可是他已经看见那个小狗了。我怕他又要象征着说什么，可是他已经说了：

"一个小狗死在这没有阳光的地方，你觉得可怜么？年老的叫化子不能寻食，死在阴沟里，或是黑暗的街道上；女人，孩子，就是年轻人失了业的时候也是一样。"

我愿意哭出来，但我不能因为人都说女人一哭就算了事，我不愿意了事。可是慢慢地我终于哭了！他说："悄悄，你要哭么？这是平常的事，冻死，饿死，黑暗死，每天都有这样的事情，把持住自己。渡我们的桥梁吧,小孩子!"

我怕着羞,把眼泪拭干了,但,终日我是心情寞寞。

过了些日子,十二个小狗之中又少了两个。但是剩下的这些更可爱了。会摇尾巴,会学着大狗叫,跑起来在院子就是一小群。有时门口来了生人,它们也跟着大狗跑去,并不咬,只是摇着尾巴,就像和生人要好似的,这或是小狗还不晓得它们的责任,还不晓得保护主人的财产。

天井中纳凉的软椅上,房东太太吸着烟。她开始说家常话了。结果又说到了小狗:

"这一大群什么用也没有,一个好看的也没有,过几天把它们远远地送到马路上去。秋天又要有一群,厌死人了!"

坐在软椅旁边的是个六十多岁的老更倌。眼花着,有主意的嘴结结巴巴地说:

"明明……天,用麻……袋背送到大江去……"

小钰是个小孩子,她说:

"不用送大江,慢慢都会送出去。"

小狗满院跑跳。我最愿意看的是它们睡觉,多是一个压着一个脖子睡,小圆肚一个个地相挤着。是凡来了熟人的时候都是往外介绍,生得好看一点的抱走了几个。

其中有一个耳朵最大,肚子最圆的小黑狗,算是我的了。我们的朋友用小提篮带回去两个,剩下的只有一个小黑狗和一个小黄狗。老狗对它两个非常珍惜起来，争着给小狗去舐绒毛。这时候，小狗在院子里已经不成群了。

我从街上回来，打开窗子。我读一本小说。那个小黄狗挠着窗纱，和我玩笑似的竖起身子来，挠了又挠。

我想：

"怎么几天没有见到小黑狗呢？"

我喊来了小钰。别的同院住的人都出来了，找遍全院，不见我的小黑狗。马路上也没有可爱的小黑狗，再也看不见它的大耳朵了！它忽然是失了踪！

又过三天，小黄狗也被人拿走。

没有妈妈的小钰向我说：

"大狗一听隔院的小狗叫，它就想起它的孩子。可是满院急寻，上楼顶去张望。最终一个都不见，它哽哽地叫呢！"

十三个小狗一个不见了！和两个月以前一样，大狗是孤独地睡在木台上。

平森的小脚，鸽子形的小脚，栖在床单上，他是睡了。我在写，我在想，玻璃窗上的三个苍蝇在飞……

小 六

"六啊，六……"

孩子顶着一块大锅盖，蹒蹒跚跚大蜘蛛一样从楼梯爬下来，孩子头上的汗还不等揩抹，妈妈又唤喊了：

"六啊！……六啊！……"

是小六家搬家的日子。八月天，风静睡着，树梢不动，蓝天好像碧蓝的湖水，一条云彩也未挂到湖上。楼顶闲荡无虑地在晒太阳。楼梯被石墙的阴影遮断了一半，和往日一样，该是预备午饭的时候。

"六啊……六……小六……"

一切都和昨日一样，一切没有变动，太阳，天空，墙外的树，树下的两只红毛鸡仍在啄食。小六家房盖穿着洞了，有泥块打进水桶，阳光从窗子、门，从打开的房盖一起走进来，阳光逼走了小六家一切盆子、桶子和人。

不到一个月，那家的楼房完全长起，红色瓦片盖住楼顶，有木匠在那里正装窗框。吃过午饭，泥水匠躺在长板条上睡觉，木匠也和大鱼似的找个阴凉的地方睡。那一些拖长的腿，泥污的手脚，在长板条上可怕地，偶然伸动两下。全个后院，全个午间，让他们的鼾声结着群。

虽然楼顶已盖好瓦片，但在小六娘觉得只要那些人醒来，楼好像又高一点，好像天空又短了一块。那家的楼房玻璃快到窗框上去闪光，烟囱快要冒起烟来了。

同时小六家呢？爹爹提着床板一条一条去卖。并且蟋蟀吟鸣得厉害，墙根草莓棵藏着蟋蟀似的。爹爹回来，他的单衫不像夏夜那样染着汗。娘在有月的夜里，和旷野上老树一般，一张叶子也没有，娘的灵魂里一颗眼泪也没有，娘没有灵魂！

"自来火给我！小六他娘，小六他娘。"

"俺娘哪来的自来火，昨晚不是借的自来火点灯吗？"

爹爹骂起来："懒老婆，要你也过日子，不要你也过日子。"

爹爹没有再骂，假如再骂，小六就一定哭起来，她想爹爹又要打娘。

爹爹去卖西瓜，小六也跟着去。后海沿那一些闹嚷嚷的人，推车的，摇船的，肩布袋的……拉车的。爹爹切西瓜，小六拾着从他们嘴上流下来的瓜子。后来爹爹又提着篮子卖油条、包子。娘在墙根砍着树枝。小六到后山去拾落叶。

孩子夜间说的睡话多起来，爹和娘也嚷着：

"别挤我呀！往那面一点，我腿疼。"

"六啊！六啊，你爹死到哪个地方去啦？"

女人和患病的猪一般在露天的房子里哼哽地说话。

"快搬，快搬……告诉早搬，你不早搬，你不早搬，打碎你的盆！怨——谁？"

大块的士敏土翻滚着沉落。那个人嚷一些什么，女人听不清了！女人坐在灰尘中，好像让她坐在着火的烟中，两眼快要流泪，喉头麻辣辣，好像她幼年时候夜里的噩梦，好像她幼年时候爬山滚落了。

"六啊！六啊！"

孩子在她身边站着：

"娘，俺在这。"

"六啊！六啊！"

"娘，俺在这。俺不是在这吗？"

那女人，孩子拉到她的手她才看见。若不触到她，她什么也看不到了。

那一些盆子桶子，罗列在门前。她家像是着了火；或是无缘的，想也想不到地闯进一些鬼魔去。

"把六挤掉地下去了。一条被你自己盖着。"

一家三人腰疼腿疼，然而不能吃饱穿暖。

妈妈出去做女仆，小六也去，她是妈妈的小仆人，妈妈为人家

87

烧饭,小六提着壶去打水。柏油路上飞着雨丝,那是秋雨了。小六戴着爹爹的大毡帽,提着壶在雨中穿过横道。

那夜小六和娘一起哭着回来。爹说:

"哭死……死就痛快地死。"

房东又来赶他们搬家,说这间厨房已经租出去了。后院亭子间盖起楼房来了!前院厨房又租出去。蟋蟀夜夜吟鸣,小六全家在蟋蟀吟鸣里向着天外的白月坐着。尤其是娘,她呆人一样,朽木一样。她说:"往哪里搬?我本来打算一个月三元钱能租个板房!……你看……那家辞掉我……"

夜夜那女人不睡觉。肩上披着一张单布坐着。搬到什么地方去!搬到海里去?

搬家把女人逼得疯子似的,眼睛每天红着。她家吵架,全院人都去看热闹。

"我不活……啦……你打死我……打死我……"

小六惶惑着,比妈妈的哭声更大,那孩子跑到同院人家去唤喊:"打俺娘……爹打俺娘……"有时候她竟向大街去喊。同院人来了!但是无法分开,他们像两条狗打仗似的。小六用拳头在爹的背脊上挥两下,但是又停下来哭,那孩子好像有火烧着她一般,暴跳起来。打仗停下了的时候,那也正同狗一样,爹爹在墙根这面呼喘,妈妈在墙根那面呼喘。

"你打俺娘,你……你要打死她。俺娘……俺娘……"爹和娘静下来，小六还没有静下来，那孩子仍哭。

有时夜里打起来，床板翻倒，同院别人家的孩子渐渐害怕起来，说小六她娘疯了，有的说她着了妖魔。因为每次打仗都是哭得昏过去才停止。

"小六跳海了……小六跳海了……"

院中人都出来看小六。那女人抱着孩子去跳湾（湾即路旁之臭泥沼），而不是去跳海。她向石墙疯狂地跌撞，湿得全身打颤的小六又是哭，女人号啕到半夜。同院人家的孩子更害怕起来，说是小六也疯了。娘停止号啕时，才听到蟋蟀在墙根鸣。娘就穿着湿裤子睡。

白月夜夜照在人间，安息了！人人都安息了！可是太阳一出来时，小六家又得搬家。搬向哪里去呢？说不定娘要跳海，又要把小六先推下海去。

女教师

一个初中学生，拿着书本来到家里上课，郎华一大声开讲，我就躲到厨房里去。第二天，那个学生又来，就没拿书，他说他父亲不许他读白话文，打算让他做商人，说白话文没有用；读古文他父亲供给学费，读白话文他父亲就不管。

最后，他从口袋摸出一张一元票子给郎华。

"很对不起先生，我读一天书，就给一元钱吧！"那学生很难过的样子，他说他不愿意学买卖。手拿着钱，他要哭似的。

郎华和我同时觉得很不好过，临走时，强迫把他的钱给他装进衣袋。

郎华的两个读中学课本的学生也不读了！他实在不善于这行业，到现在我们的生命线又断尽。胖朋友刚搬过家，我就拿了一张郎华写的条子到他家去。回来时我是带着米、面、木柈，还有几角钱。

我眼睛不住地盯住那马车，怕那车夫拉了木柈跑掉。所以我手下提着用纸盒盛着的米,因为我在快走而震摇着;又怕小面袋从车上翻下来,赶忙跑到车前去弄一弄。

听见马的铃铛响,郎华才出来!这一些东西很使他欢乐,亲切地把小面袋先拿进屋去。他穿着很单的衣裳,就在窗前摆堆着木样。

"进来暖一暖再出去……冻着!"可是招呼不住他。始终摆完才进来。

"天真够冷。"他用手扯住很红的耳朵。

他又呵着气跑出去,他想把火炉点着,这是他第一次点火。"样子真不少,够烧五六天啦!米面也够吃五六天,又不怕啦!"

他弄着火,我就洗米烧饭。他又说了一些看见米面时特有高兴的话,我简直没理他。

米面就这样早饭晚饭的又快不见了,这就到我做女教师的时候了!

我也把桌子上铺了一块报纸,开讲的时候也是很大的声。郎华一看,我就要笑。他也是常常躲到厨房去。我的女学生,她读小学课本,什么猪啦,羊啦,狗啦!这一类字都不用我教她,她抢着自己念:"我认识,我认识!"

不管在什么地方碰到她认识的字,她就先一个一个念出来,不让她念也不行,因为她比我的岁数还大,我总有点不好意思。她先给我拿五元钱,并说:

"过几天我再交那五元。"

四五天她没有来,以为她不会再来了。那天,我正在烧晚饭,她跑来。她说她这几天生病。我看她不像生病,那么她又来做什么呢?过了好久,她站在我的身边:

"先生,我有点事求求你!"

"什么事?说吧……"我把葱花加到油里去炸。

她的纸单在手心握得很热,交给我;这是药方吗?信吗?都不是。

借着炉台上那个流着油的小蜡烛看,看不清,怕是再点两支蜡烛我也看不清,因为我不认识那样的字。

"这是《易经》上的字!"郎华看了好些时才说。

"我批了个八字,找了好些人也看不懂,我想先生是很有学问的人,我拿来给先生看看。"

这次她走去,再也没有来,大概她觉得这样的先生教不了她,连个"八字"都说不出所以然来!

林小二

在一个有太阳的日子，我的窗前有一个小孩在弯着腰大声地喘着气。

我是在房后站着，随便看着地上的野草在晒太阳。山上的晴天是难得的，为着使屋子也得到干燥的空气，所以门是开着。接着就听到或者是草把，或者是刷子，或者是一只有弹性的尾巴，沙沙地在地上拍着，越听到拍的声音越真切，就像已经在我的房间的地板上拍着一样。我从后窗子再经过开着的门隔着屋子看过去，看到了一个小孩手里拿着扫帚在弯着腰大声地喘着气。

而他正用扫帚尖扫在我的门前土坪上，那不像是扫，而是用扫帚尖在拍打。

我心里想，这是什么事情呢？保育院的小朋友们从来不到这边做这样的事情。我想去问一问，我心里起着一种亲切的情感对那孩子。刚要开口又感到特别生疏了，因为我们住的根本并不挨近，而且仿佛很远，他们很少时候走来的。我和他们的生疏是一向生疏下来的，虽然每天听着他们升旗降旗的歌声，或是看着他们放在空中的风筝。

那孩子在小房的长廊上扫了很久很久。我站在离他远一点的地方看着他。他比那扫地的扫帚高不了多少，所以是用两只手把着扫帚，他的扫帚尖所触过的地方，想要有一个黑点留下也不可能。他是一边扫一边玩，我看他把一小块粘在水门汀走廊上的泥土，用鞋底擦着，没有擦起来，又用手指甲掀着，等掀掉了那块泥土，又抡起扫帚来好像抡着鞭子一样的把那块掉的泥土抽了一顿，同时嘴里边还念叨了些什么。走廊上靠着一张竹床，他把竹床的后边扫了。完了又去移动那只水桶，把小脸孔都累红了。

这时，院里的一位先生到这边来，当她一走下那高坡，她就用一种响而愉快的声音呼唤着他：

"林小二……林小二在这里做什么？……"

这孩子的名字叫林小二。

"啊！就是那个……林小二吗？"

那位衣襟上挂着圆牌子的先生说：

"是的……他是我们院里的小名人，外宾来访也访问他。他是流浪儿，在汉口流浪了几年的。是退却之前才从汉口带出来的。他从前是个小叫化子，到院里来就都改了，比别的小朋友更好。"

接着她就问他："谁叫你来扫的呀？哪个叫你扫地？"

那孩子没有回答，摇摇头。我也随着走到他旁边去。

"你几岁,小朋友?"

他也不回答我,他笑了,一排小牙齿露了出来。那位先生代他说是十一岁了。

关于林小二,是在不久前我才听说的。他是汉口街头的小叫化子,已经两三年就是小叫化子了。他不知道父亲母亲是谁,他不知道他姓什么,他不知道自己的名字是从哪里来的。他没有名,没有姓,没有父亲母亲。林小二,就是林小二。人家问:"你姓什么?"他摇摇头。人家问:"你就是林小二吗?"他点点头。

从汉口刚来到重庆时,这些小朋友住在重庆,林小二在夜里把所有的自来水龙头都放开了,楼上楼下都湿了……又有一次,自来水龙头不知谁偷着打开的,林小二走到楼上,看见了,便安安静静地,一个一个关起来。而后,到先生那儿去报告,说这次不是他开的了。

现在林小二在房头上站着,高高的土丘在他的旁边,他弯下腰去,一颗一颗地拾着地上的黄土块。那些土块是院里的别的一些小朋友玩着抛下来的,而他一块一块地从房子的临近拾开去。一边拾着,他的嘴里一边念叨什么似的自己说着话,他带着非常安闲而寂寞的样子。

我站在很远的地方看着他,他拾完了之后就停在我的后窗子的外边,像一个大人似的在看风景。那山上隔着很远很远的偶尔长着一棵树,那山上的房屋,要努力去寻找才能够看见一个,因为绿色的菜田过于不整齐的缘故，大块小块割据着山坡，所以山坡上的人家像大块的石头似的，不容易被人注意而混扰在石头之间了。山下则是一片水田，水田明亮得和镜子似的，假若有人掉在田里，就像不会游泳的人沉在游泳池一样，在感觉上那水田简直和小湖一样了。田上看不见收拾苗草的农人，落雨的黄昏和起雾的早晨，水田通通是自己睡在山边上，一切是寂静的，晴天和阴天都是一样的寂静。只有山下那条发白的公路，每隔几分钟，就要有汽车从那上面跑过。车子从看得见的地方跑来，就带着轰轰的响声，有时竟以为是飞机从头上飞过。山中和平原不同，震动的响声特别大，车子就跑在山的夹缝中。若遇着成串地运着军用品的大汽车，就把左近的所有的山都震鸣了，而保育院里的小朋友们常常听着，他们欢呼，他们叫着，而数着车子的数目，十辆二十辆常常经过，都是黄昏以后的时候。林小二仿佛也可以完全辨认出这些感觉似的在那儿努力地辨认着。林小二若伸出两手来，他的左手将指出这条公路重庆的终点，而右手就要指出到成都去的方向罢。但是林小二只把眼睛看到墙根上，或是小土坡上，他很寂寞地自己在玩着，嘴里仍旧念叨着什么似的在说话。他的小天地，就他周围一丈远，仿佛他向来不想走上那公路的样子。

　　他发现了有人在远处看着他，他就跑了，很害羞的样子跑掉的。

　　我又见他，就是第二次看见他，是一个雨天。一个比他高的小朋友，从石阶上一蹬一蹬地把他抱下来。这小叫化子有了朋友了，接受了爱护了。他是一定会长得健壮而明朗的呀……他一定的，我想起班台来耶夫的《表》。

花　狗

在一个深奥的，很小的院心上，集聚几个邻人。这院子种着两棵大芭蕉，人们就在芭蕉叶子下边谈论着李寡妇的大花狗。

有的说：

"看吧，这大狗又倒霉了。"

有的说：

"不见得，上回还不是闹到终归儿子没有回来，花狗也饿病了，因此李寡妇哭了好几回……"

"唉，你就别说啦，这两天还不是么，那大花狗都站不住了，若是人一定要扶着墙走路……"

人们正说着，李寡妇的大花狗就来了。它是一条虎狗，头是大的，嘴是方的，走起路来很威严，全身是黄毛带着白花。它从芭蕉叶里露出来了，站在许多人的面前，还勉强地摇一摇尾巴。

但那原来的姿态完全不对了，眼睛没有一点光亮，全身的毛好像要脱落似的在它的身上飘浮着。而最可笑的是它的脚掌很稳地抬起来，端得平平地再放下去，正好像希特勒在操演的军队的脚掌似的。

人们正想要说些什么，看到李寡妇戴着大帽子从屋里出来，大家就停止了，都把眼睛落到李寡妇的身上。她手里拿着一把黄香，身上背着一个黄布口袋。

"听说少爷来信了，倒是吗？"

"是的，是的，没有多少日子，就要换防回来的……是的……亲手写的信来……我是到佛堂去烧香，是我应许下的，只要老佛爷保佑我那孩子有了信，从那天起，我就从那天三遍香烧着，一直到他回来……"那大花狗仍照着它平常的习惯，一看到主人出街，它就跟上去，李寡妇一边骂着就走远了。

那班谈论的人，也都谈论一会各自回家了。

留下了大花狗自己在芭蕉叶下蹲着。

大花狗，李寡妇养了它十几年，李老头子活着的时候，和她吵架，她一生气坐在椅子上哭半天会一动不动地，大花狗就陪着她，蹲在她的脚尖旁。她生病的时候，大花狗也不出屋，就在她旁边转着。她和邻居骂架时，大花狗就上去撕人家衣服。她夜里失眠时，大花狗摇着尾巴一直陪她到天明。

所以她爱这狗胜过于一切了，冬天给这狗做一张小棉被，夏天给它铺一张小凉席。

李寡妇的儿子随军出发了以后，她对这狗更是一时也不能离开的，她把这狗看成个什么都能了解的能懂人性的了。

　　有几次她听了前线上恶劣的消息，她竟拍着那大花狗哭了好几次，有的时候像枕头似的枕着那大花狗哭。

　　大花狗也实在惹人怜爱，卷着尾巴，虎头虎脑的，虽然它忧愁了，寂寞了，眼睛无光了，但这更显得它柔顺，显得它温和。所以每当晚饭以后，它挨着家凡是里院外院的人家，它都用嘴推开门进去拜访一次，有剩饭的给它，它就吃了，无有剩饭，它就在人家屋里绕了一个圈就静静地出来了。这狗流浪了半个月了，它到主人旁边，主人也不打它，也不骂它，只是什么也不表示，冷静地接待了它，而并不是按着一定的时候给东西吃，想起来就给它，忘记了也就算了。

　　大花狗落雨也在外边，刮风也在外边，李寡妇整天锁着门到东城门外的佛堂去。

　　有一天她的邻居告诉她：

　　"你的大花狗，昨夜在街上被别的狗咬了腿流了血……"

　　"是的，是的，给它包扎包扎。"

　　"那狗实在可怜呢，满院子寻食……"邻人又说。

　　"唉，你没听在前线上呢，那真可怜……咱家里这一只狗算什么呢？"她忙着话没有说完，又背着黄布口袋上佛堂烧香去了。

　　等邻人第二次告诉她说：

　　"你去看看你那狗吧！"

花　狗

　　那时候大花狗已经躺在外院的大门口了,躺着动也不动,那只被咬伤了的前腿,晒在太阳下。

　　本来李寡妇一看了也多少引起些悲哀来,也就想喊人来花两角钱埋了它。但因为刚刚又收到儿子一封信,是广州退却时写的,看信上说儿子就该到家了,于是她逢人便讲,竟把花狗又忘记了。

　　这花狗一直在外院的门口,躺了三两天。

　　是凡经过的人都说这狗老死了,或是被咬死了,其实不是,它是被冷落死了。

小偷、车夫和老头

木枀车在石路上发着隆隆的重响。出了木枀场,这满车的木枀使老马拉得吃力了!但不能满足我,大木枀堆对于这一车木枀,真像在牛背上拔了一根毛,我好像嫌这样子太少。

"丢了两块木枀哩!小偷来抢的,没看见?要好好看着,小偷常偷枀子……十块八块木枀也能丢。"

我被车夫提醒了!觉得一块木枀也不该丢,木枀对我才恢复了它的重要性。小偷眼睛发着光又来抢时,车夫在招呼我们:

"来了啊!又来啦!"

郎华招呼一声,那竖着头发的人跑了!

"这些东西顶没有脸,拉两块就得啦吧!贪多不厌,把这一车都送给你好不好?……"打着鞭子的车夫,反复地在说那个小偷的坏话,说他贪多不厌。

在院心把木枀一块块推下车来,那还没有推完,车夫就不再动手了!把车钱给了他,他才说:"先生,这两块给我吧!拉家去好烘火，孩子小，屋子又冷。"

"好吧！你拉走吧！"我看一看那是五块顶大的他留在车上。

这时候他又弯下腰，去弄一些碎的，把一些木皮扬上车去，而后拉起马来走了。但他对他自己并没说贪多不厌，别的坏话也没说，跑出大门道去了。

只要有木柈车进院，铁门栏外就有人向院里看着问："柈子拉（锯）不拉？"

那些人带着锯，有两个老头也扒着门扇。

这些柈子就讲妥归两个老头来锯，老头有了工作在眼前，才对那个伙伴说："吃点么？"

我去买给他们面包吃。

柈子拉完又送到柈子房去。整个下午我不能安定下来，好像我从未见过木柈，木柈给我这样的大欢喜，使我坐也坐不定，一会跑出去看看。最后老头子把院子扫得干干净净的了！这时候，我给他工钱。

我先用碎木皮来烘着火。夜晚在三月里也是冷一点，玻璃窗上挂着蒸气。没有点灯，炉火颗颗星星地发着爆炸，炉门打开着，火光照红我的脸，我感到例外的安宁。

我又到窗外去拾木皮，我吃惊了！老头子的斧子和锯都背好在肩上，另一个背着架柈子的木架，可是他们还没有走。这许多的时候，为什么不走呢？

"太太,多给了钱啦?"

"怎么多给的!不多,七角五分不是吗?"

"太太,吃面包钱没有扣去!"那几角工钱,老头子并没放入衣袋,仍呈在他的手上,他借着离得很远的门灯在考察钱数。

我说:"吃面包不要钱,拿着走吧!"

"谢谢,太太。"感恩似的,他们转过身走去了,觉得吃面包是我的恩情。

我愧得立刻心上烧起来,望着那两个背影停了好久,羞恨的眼泪就要流出来。已经是祖父的年纪了,吃块面包还要感恩吗?

滑　竿

　　黄河边上的驴子，垂着头的、细腿的，穿着自己的破烂的毛皮的，它们划着无边苍老的旷野，如同枯树根又在人间活动了起来。

　　它们的眼睛永远为了遮天的沙土而垂着泪，鼻子的响声永远搅在黄色的大风里，那沙沙的足音，只有在黄昏以后，一切都停息了的时候才能听到。

　　而四川的轿夫，同样会发出那沙沙的足音。下坡路，他们的腿，轻捷得连他们自己也不能够止住，蹒跚地他们控制了这狭小的山路。他们的血液骄傲地跳动着，好像他们停止了呼吸，只听到草鞋触着石级的声音。在山涧中，在流泉中，在烟雾中，在凄惨的飞着细雨的斜坡上，他们喊着：左手！

　　迎面走来的，担着草鞋的担子，背着青菜的孩子，牵着一条黄牛的老头，赶着三个小猪的女人，他们也都为着这下山的轿子让开路。因为他们走得快，就像流泉一样的，一刻也不能够止息。

　　一到拔坡的时候，他们的脚步声便不响了。迎面遇到来人的时候，他们喊着左手或右手的声音只有粗嘎，而一点也不强烈。因为他们开始喘息，他们的肺叶开始扩张，发出来好像风扇在他们的胸膛里扇起来的声音，那破片做的衣裳在吱吱响的轿子下面，有秩序地向左或向右地摆动。汗珠在头发梢上静静地站着，他们走得当心而出奇的慢，而轿子仍旧像要破碎了似的叫。像是迎着大风向前走，像是海船临靠岸时遇到了潮头一样困难。

他们并不是巨象，却发出来巨象呼喘似的声音。

早晨他们吃了一碗四个大铜板一碗的面，晚上再吃一碗，一天八个大铜板。甚或有一天不吃什么的，只要抽一点鸦片就可以。所以瘦弱苍白，有的像化石人似的，还有点透明。若让他们自己支持着自己都有点奇怪，他们随时要倒下来的样子。

可是来往上下山的人，却担在他们的肩上。

有一次我偶尔和他们谈起做爆竹的方法来，其中的一个轿夫，不但晓得做爆竹的方法，还晓得做枪药的方法。他说用破军衣，破棉花，破军帽，加上火硝，硫磺，就可以做枪药。他还怕我不明白枪药。他又说：

"那就是做子弹。"

我就问他：

"你怎么晓得做子弹？"

他说他打过贺龙，在湖南。

"你那时候是当官吗？当兵吗？"

他说他当兵，还当过班长。打了两年。后来他问我：

"你晓得共党吗？打贺龙就是打共党。"

"我听说。"接着我问他，"你知道现在的共党已经编了八路军吗？"

"呵！这我还不知道。"

"也是打日本。"

"对呀！国家到了危难的时候，还自己打什么呢？一齐枪口对外。"他想了一下的样子，"也是归蒋委员长领导吗？"

"是的。"

这时候，前边的那个轿夫一声不响。轿杆在肩上，一会儿换换左手，一会儿又换换右手。

后边的就接连着发了议论：

"小日本不可怕，就怕心不齐。中国人心齐，他就治不了。前几天飞机来炸，炸在朝天门。那好做啥子呀！飞机炸就占了中国？我们可不能讲和，讲和就白亡了国。日本人坏呀！日本人狠哪！报纸上去年没少画他们杀中国人的图。我们中国人抓住他们的俘虏，一律优待。可是说日本人也不都坏，说是不当兵不行，抓上船就载到中国来……"

"是的……老百姓也和中国老百姓一样好。就是日本军阀坏……"我回答他。

就快走上高坡了，一过了前边的石板桥，隔着这一个山头又看到另外的一个山头。云烟从那个山慢慢地沉落下来，沉落到山腰了，仍旧往下沉落，一道深灰色的，一道浅灰色的，大团的游丝似的缚着山腰。我的轿子要绕过那个有云烟的尖顶的山。两个轿夫都开始吃力了。我能够听得见的，是后边的这一个，喘息的声音又开始了。我一听到他的声音，就想起海上在呼喘着的活着的蛤蟆。因为他的声音就带着起伏、扩张、呼煽的感觉。他们脚下唰唰的声音，这时候没有了。伴着呼喘的是轿杆的竹子的鸣叫。坐在轿子上的人，随着他们沉重的脚步的起伏在一升一落的。在那么多的石级上，若有一个石级不留心踏滑了，连人带轿子要一齐滚下山涧去。

　　因为山上的路只有二尺多宽，遇到迎面而来的轿子，往往是彼此摩擦着走过。假若摩擦得厉害一点，谁若靠着山涧的一面，谁就要滚下山涧去。山峰在前边那么高，高得插进云霄似的。山壁有的地方挂着一条小小的流泉，这流泉从山顶上一直挂到深涧中。再从涧底流到另一面天地去，就是说，从山的这面又流到山的那面去了。同时流泉们发着唧铃铃的声音。山风阴森地浸着人的皮肤。这时候，真有点害怕，可是转头一看，在山涧的边上都挂着人，在乱草中，耙子的声音唰唰地响着。原来是女人和小孩子在集着野柴。

　　后边的轿夫说：

　　"共党编成了八路军，这我还不知道。整天忙生活……连报纸也不常看（他说过他在军队常看报纸）……整天忙生活对于国家就疏忽了……"

滑　竿

正是拔坡的时候，他的话和轿杆的声响搅在了一起。

对于滑竿，我想他俩的肩膀，本来是肩不起的，但也肩起了。本来不应该担在他们的肩上的，但他们也担起了。而在担不起时，他们就抽起大烟来担。所以我总以为抬着我的不是两个人，而像轻飘飘的两盏烟灯。在重庆的交通运转却是掌握在他们的肩膀上的，就如黄河北的驴子，垂着头的，细腿的，使马看不起的驴子，也转运着国家的军粮。

蹲在洋车上

看到了乡巴佬坐洋车，忽然想起一个童年的故事。

当我还是小孩的时候，祖母常常进街。我们并不住在城外，只是离市镇较偏的地方罢了！有一天，祖母又要进街，命令我：

"叫你妈妈把斗风给我拿来！"

那时因为我过于娇惯，把舌头故意缩短一些，叫斗篷作斗风，所以祖母学着我，把风字拖得很长。

她知道我最爱惜皮球，每次进街的时候，她问我：

"你要些什么呢？"

"我要皮球。"

"你要多大的呢？"

"我要这样大的。"

我赶快把手臂拱向两面，好像张着的鹰的翅膀。大家都笑了！祖父轻动着嘴唇，好像要骂我一些什么话，因我的小小的姿势感动了他。

祖母的斗篷消失在高烟囱的背后。

等她回来的时候,什么皮球也没带给我,可是我也不追问一声:

"我的皮球呢?"

因为每次她也不带给我;下次祖母再上街的时候,我仍说是要皮球,我是说惯了,我是熟练而惯于做那种姿势。

祖母上街尽是坐马车回来,今天却不是,她睡在仿佛是小槽子里,大概是槽子装置了两个大车轮。非常轻快,雁似的从大门口飞来,一直到房门。在前面挽着的那个人,把祖母停下,我站在玻璃窗里,小小的心灵上,有无限的奇秘冲击着。我以为祖母不会从那里头走出来,我想祖母为什么要被装进槽子里呢?我渐渐惊怕起来,我完全成个呆气的孩子,把头盖顶住玻璃,想尽方法理解我所不能理解的那个从来没有见过的槽子。

很快我领会了!见祖母从口袋里拿钱给那个人,并且祖母非常兴奋,她说叫着,斗篷几乎从她的肩上脱溜下去!

"呵!今天我坐的是东洋驴子回来的,那是过于安稳呀!还是头一次呢,我坐过安稳的车子!"

祖父在街上也看见过人们所呼叫的东洋驴子,妈妈也没有奇怪。只是我,仍旧头皮顶撞在玻璃那儿,我眼看那个驴子从门口飘飘地不见了!我的心魂被引了去。

等我离开窗子,祖母的斗篷已是脱在炕的中央,她嘴里叨叨地讲着她街上所见的新闻。可是我没有留心听，就是给我吃什么糖果之类，我也不会留心吃，只是那样的车子太吸引我了！太捉住我小小的心灵了！

夜晚在灯光里，我们的邻居，刘三奶奶摇闪着走来，我知道又是找祖母来谈天的。所以我稳当当地占了一个位置在桌边。于是我咬起嘴唇来，仿佛大人样能了解一切话语，祖母又讲关于街上所见的新闻，我用心听，我十分费力！

"……那是可笑，真好笑呢！一切人站下瞧，可是那个乡巴佬还是不知道笑自己，拉车的回头才知道乡巴佬是蹲在车子前放脚的地方，拉车的问：'你为什么蹲在这地方？'

"他说怕拉车的过于吃力，蹲着不是比坐着强吗？比坐在那里不是轻吗？所以没敢坐下……"

邻居的三奶奶，笑得几个残齿完全摆在外面，我也笑了！祖母还说，她感到这个乡巴佬难以形容，她的态度，她用所有的一切字眼，都是引人发笑。

"后来那个乡巴佬，你说怎么样！他从车上跳下来，拉车的问他为什么跳？他说：'若是蹲着听，那还行。坐着，我实在没有那样的钱。'拉车的说：'坐着，我不多要钱。'那个乡巴佬到底不信这话，从车上搬下他的零碎东西，走了。他走了！"

我听得懂，我觉得费力，我问祖母：

"你说的，那是什么驴子？"

她不懂我的半句话，拍了我的头一下，当时我真是不能记住那样繁复的名词。过了几天祖母又上街，又是坐驴子回来的，我的心里渐渐羡慕那驴子，也想要坐驴子。

过了两年，六岁了！我的聪明，也许是我的年岁吧！支持着我使我愈见讨厌我那个皮球，那真是太小，而又太旧了；我不能喜欢黑脸皮球，我爱上邻家孩子手里那个大的；买皮球，好像我的志愿，一天比一天坚决起来。

向祖母说，她答："过几天买吧，你先玩这个吧！"

又向祖父请求，他答："这个还不是很好吗？不是没有出气吗？"

我得知他们的意思是说旧皮球还没有破，不能买新的。于是把皮球在脚下用力捣毁它，任是怎样捣毁，皮球仍是很圆，很鼓，后来到祖父面前让他替我踏破！祖父变了脸色，像是要打我，我跑开了！

从此，我每天表示不满意的样子。

终于一天晴朗的夏日，戴起小草帽来，自己出街去买皮球了！朝向母亲曾领我到过的那家铺子走去，离家不远的时候，我的心志非常光明，能够分辨方向，我知道自己是向北走。过了一会，不然了！太阳我也找不着了！一些些的招牌，依我看来都是一个样，街上的行人好像每个要撞倒我似的，就连马车也好像是旋转着。我不晓得自己走了多远，只是我实在疲劳。不能再寻找那家商店；我急切地想回家，可是家也寻觅不到。我是从哪一条路来的？究竟家是在什么方向?

我忘记一切危险,在街心停住,我没有哭,把头向天,愿看见太阳。因为平常爸爸不是拿指南针看看太阳就知道或南或北吗?我虽然看了,只见太阳在街路中央,别的什么都不能知道,我无心留意街道,跌倒了在阴沟板上面。

"小孩!小心点。"

身边的马车夫驱着车子过去,我想问他我的家在什么地方,他走过了!我昏沉极了!忙问一个路旁的人:

"你知道我的家吗?"

他好像知道我是被丢的孩子,或许那时候我的脸上有什么急慌的神色,那人跑向路的那边去,把车子拉过来,我知道他是洋车夫,他和我开玩笑一般:

"走吧!坐车回家吧!"

我坐上了车,他问我,总是玩笑一般地:

"小姑娘!家在哪里呀?"

我说:"我们离南河沿不远,我也不知道哪面是南,反正我们南边有河。"

走了一会,我的心渐渐平稳,好像被动荡的一盆水,渐渐静止下来,可是不多一会,我忽然忧愁了!抱怨自己皮球仍是没有买成!从皮球联想到祖母骗我给买皮球的故事,很快又联想到祖母讲的关于乡巴佬坐东洋车的故事。于是我想试一试,怎样可以像个乡

巴佬。该怎样蹲法呢?轻轻地从座位滑下来,当我还没有蹲稳当的时节,拉车的回头来:

"你要做什么呀?"

我说:"我要蹲一蹲试试,你答应我蹲吗?"

他看我已经偎在车前放脚的那个地方,于是他向我深深地做了一个鬼脸,嘴里哼着:

"倒好哩!你这样孩子,很会淘气!"

车子跑得不很快,我忘记街上有没有人笑我。车跑到红色的大门楼,我知道到家了!我应该起来呀!应该下车呀!不,目的想给祖母一个意外的发笑,等车拉到院心,我仍蹲在那里,像要猴人的猴样,一动不动。祖母笑着跑出来了!祖父也是笑!我怕他们不晓得我的意义,我用尖音喊:

"看我!乡巴佬蹲东洋驴子!乡巴佬蹲东洋驴子呀!"

只有妈妈大声骂着我,忽然我怕要打我,我是偷着上街的。

洋车忽然放停,从上面我倒滚下来,不记得被跌伤没有。祖父猛力打了拉车的,说他欺侮小孩,说他不让小孩坐车让蹲在那里。没有给他钱,从院子把他轰出去。

所以后来,无论祖父对我怎样疼爱,心里总是生着隔膜,我不同意他打洋车夫,我问:

"你为什么打他呢?那是我自己愿意蹲着。"

祖父把眼睛斜视一下:"有钱的孩子是不受什么气的。"

115

现在我是二十多岁了！我的祖父死去多年了！在这样的年代中，我没发现一个有钱的人蹲在洋车上；他有钱，他不怕车夫吃力，他自己没拉过车，自己所尝到的，只是被拉着的舒服滋味。假若偶尔有钱家的小孩子要蹲在车厢中玩一玩，那么孩子的祖父出来，拉洋车的便要被打。

可是我呢？现在变成个没有钱的孩子了！

/萧红散文精选/

回忆鲁迅先生

鲁迅先生的笑声是明朗的,
是从心里的欢喜。
若有人说了什么可笑的话,
鲁迅先生笑得连烟卷都拿不住了,
常常是笑得咳嗽起来。

鲁迅先生记（一）

鲁迅先生家里的花瓶，好像画上所见的西洋女子用以取水的瓶子，灰蓝色，有点从瓷釉而自然堆起的纹痕，瓶口的两边，还有两个瓶耳，瓶里种的是几棵万年青。

我第一次看到这花的时候，我就问过：

"这叫什么名字？屋里不生火炉，也不冻死？"

第一次，走进鲁迅家里去，那是近黄昏的时节，而且是个冬天，所以那楼下室稍微有一点暗，同时鲁迅先生的纸烟，当它离开嘴边而停在桌角的地方，那烟纹的卷痕一直升腾到他有一些白丝的发梢那么高。而且再升腾就看不见了。

"这花，叫'万年青'，永久这样！"他在花瓶旁边的烟灰盒中，抖掉了纸烟上的灰烬，那红的烟火，就越红了，好像一朵小红花似的，和他的袖口相距离着。

"这花不怕冻？"以后，我又问过，记不得是在什么时候了。

许先生说："不怕的，最耐久！"而且她还拿着瓶口给我摇着。

我还看到了那花瓶的底边是一些圆石子，以后，因为熟识了的缘故，我就自己动手看过一两次，又加上这花瓶是常常摆在客厅的黑色长桌上；又加上自己是来在寒带的北方，对于这在四季里都不凋零的植物，总带着一点惊奇。

而现在这"万年青"依旧活着，每次到许先生家去，看到那花，有时仍站在那黑色的长桌子上，有时站在鲁迅先生照相的前面。

花瓶是换了，用一个玻璃瓶装着，看得到淡黄色的须根，站在瓶底。

有时候许先生一面和我们谈论着，一面检查着房中所有的花草。看一看叶子是不是黄了？该剪掉的剪掉；该洒水的洒水，因为不停地动作是她的习惯。有时候就检查着这"万年青"，有时候就谈鲁迅先生，就在他的照相前面谈着，但那感觉，却像谈着古人那么悠远了。

至于那花瓶呢？站在墓地的青草上面去了，而且瓶底已经丢失，虽然丢失了也就让它空空地站在墓边。我所看到的是从春天一直站到秋天；它一直站到邻旁墓头的石榴树开了花而后结成了石榴。

从开炮以后，只有许先生绕道去过一次，别人就没有去过。当然那墓草是长得很高了，而且荒了，还说什么花瓶，恐怕鲁迅先生的瓷半身像也要被荒了的草埋没到他的胸口。

我们在这边，只能写纪念鲁迅先生的文章，而谁去努力剪齐墓上的荒草？我们是越去越远了，但无论多么远，那荒草是总要记在心上的。

鲁迅先生记（二）

在我住所的北边，有一带小高坡，那上面种的或是松树，或是柏树。它们在雨天里，就像同在夜雾里一样，是那么朦胧而且又那么宁静！好像飞在枝间的鸟雀羽翼的音响我都能够听到。

但我真的听得到的，却还是我自己脚步的声音，间或从人家墙头的枝叶落到雨伞上的大水点特别地响着。

那天，我走在道上，我看着伞翅上不住地滴水。

"鲁迅是死了吗？"

于是心跳了起来，不能把"死"和鲁迅先生这样的字样相连接，所以左右反复着的是那个饭馆里下女的金牙齿，那些吃早餐的人的眼镜、雨伞，他们好像小型木凳似的雨鞋；最后我还想起了那张贴在厨房边的大画，一个女人，抱着一个举着小旗的很胖的孩子，小旗上面就写着"富国强兵"；所以以后，一想到鲁迅的死，就想到那个很胖的孩子。

我已经打开了房东的格子门，可是我无论如何也走不进来，我气恼着：我怎么忽然变大了？

女房东正在瓦斯炉旁斩断一根萝卜，她抓住了她白色的围裙开始好像鸽子似的在笑："伞……伞……"

原来我好像要撑着伞走上楼去。

她的肥胖的脚掌和男人一样，并且那金牙齿也和那饭馆里下女的金牙齿一样。日本女人多半镶了金牙齿。

我看到有一张报纸上的标题是鲁迅的"偲"。这个偲字，我翻了字典，在我们中国的字典上没有这个字。而文章上的句子里，"逝世，逝世"这字样有过好几个，到底是谁逝世了呢？因为是日文报纸看不懂之故。

第二天早晨，我又在那个饭馆里在什么报的文艺篇幅上看到了"逝世，逝世"，再看下去，就看到"损失"或"殒星"之类。这回，我难过了，我的饭吃了一半，我就回家了。一走上楼，那空虚的心脏，像铃子似的闹着，而前房里的老太婆在打扫着窗棂和席子的噼啪声，好像在打着我的衣裳那么使我感到沉重。在我看来，虽是早晨，窗外的太阳好像正午一样大了。

我赶快乘了电车，去看××。我在东京的时候，朋友和熟人，只有她。车子向着东中野市郊开去，车上本不拥挤，但我是站着。"逝世，逝世"，逝世的就是鲁迅？路上看了不少的山、树和人家，它们却是那么平安、温暖和愉快！我的脸几乎是贴在玻璃上，为的是躲避车上的烦扰，但又谁知道，那从玻璃吸收来的车轮声和机械声，会疑心这车子是从山崖上滚下来了。

××在走廊边上，刷着一双鞋子，她的扁桃腺炎还没有全好，看见了我，颈子有些不会转弯地向我说：

"啊！你来得这样早！"

我把我来的事情告诉她，她说她不相信。因为这事情我也不愿意它是真的，于是找了一张报纸来读。

"这些日子病得连报也不订，也不看了。"她一边翻那在长桌上的报纸，一边用手在摸抚着颈间的药布。

而后，她查了查日文字典，她说那个"偲"字是个印象的意思，是面影的意思。她说一定有人到上海访问了鲁迅回来写的。

我问她："那么为什么有逝世在文章中呢？"我又想起来了，好像那文章上又说：鲁迅的房子有枪弹穿进来，而安静的鲁迅，竟坐在摇椅上摇着。或者鲁迅是被枪打死的？日本水兵被杀事件，在电影上都看到了，北四川路又是戒严，又是搬家。鲁迅先生又是住的北四川路。

但她给我的解释，在阿Q心理上非常圆满，她说"逝世"是从鲁迅的口中谈到别人的"逝世"，"枪弹"是鲁迅谈到"一·二八"时的枪弹，至于"坐在摇椅上"，她说谈过去的事情，自然不用惊慌，安静地坐在摇椅上又有什么稀奇。

出来送我走的时候，她还说：

"你这个人啊！不要神经质了！最近在《作家》上、《中流》

上他都写了文章，他的身体可见是在复原期中……"

她说我好像慌张得有点傻，但是我愿意听。于是在阿Q心理上我回来了。

我知道鲁迅先生是死了，那是二十二日，正是靖国神社开庙会的时节。我还未起来的时候，那天天空开裂的爆竹，发着白烟，一个跟着一个在升起来。隔壁的老太婆呼喊了几次，她阿拉阿拉地向着那爆竹升起来的天空呼喊，她的头发上开始束了一条红绳。楼下，房东的孩子上楼来送我一块撒着米粒的糕点，我说谢谢他们，但我不知道在那孩子脸上接受了我怎样的眼睛。因为才到五岁的孩子，他带小碟下楼时，那碟沿还不时地在楼梯上磕碰着。他大概是害怕我。

靖国神社的庙会一直闹了三天，教员们讲些下女在庙会时节的故事，神的故事，和日本人拜神的故事，而学生们在满堂大笑，好像世界上并不知道鲁迅死了这回事。

有一天，一个眼睛好像金鱼眼睛的人，在黑板上写着：鲁迅先生大骂徐懋庸引起了文坛一场风波……茅盾起来讲和……

这字样一直没有擦掉。那卷发的，小小的，和中国人差不多的教员，他下课以后常常被人团聚着，谈些个两国不同的习惯和风俗。他的北京话说得很好，中国的旧文章和诗也读过一些。他讲话常常把眼睛从下往上看着：

"鲁迅这个人，你觉得怎么样？"我很奇怪，又像很害怕，为什么他向我说？结果晓得不是向我说。在我旁边那个位置上的人站起来了，有的教员点名的时候问过他："你多大岁数？"他说他三十多岁。教员说："我看你好像五十多岁的样子……"因为他的头发白了一半。

他作旧诗作得很多，秋天，中秋游日光，游浅草，而且还加上谱调读着。有一天他还让我看看，我说我不懂，别的同学有的借他的诗本去抄录。我听过几次，有人问他："你没再作诗吗？"他答："没有喝酒呢。"

他听到有人问他，他就站起来了：

"我说……先生……鲁迅，这个人没有什么，没有什么了不起的，他的文章就是一个骂，而且人格上也不好，尖酸刻薄。"

他的黄色的小鼻子歪了一下。我想用手替他扭正过来。

一个大个子，戴着四角帽子，他是"满洲国"的留学生，听说话的口音，还是我的同乡。

"听说鲁迅不是反对'满洲国'的吗？"那个日本教员抬一抬肩膀，笑了一下："嗯！"

过了几天，日华学会开鲁迅追悼会了。我们这一班中四十几个人，去追悼鲁迅先生的只有一位小姐。她回来的时候，全班的人都笑她，她的脸红了，打开门，用脚尖向前走着，走得越轻越慢，而那鞋跟就越响。她穿的衣裳颜色一点也不调配，有时是一件红裙子绿上衣，有时是一件黄裙子红上衣。

这就是我在东京看到的这些不调配的人，以及鲁迅的死对他们激起怎样不调配的反应。

回忆鲁迅先生

鲁迅先生的笑声是明朗的,是从心里的欢喜。若有人说了什么可笑的话,鲁迅先生笑得连烟卷都拿不住了,常常是笑得咳嗽起来。

鲁迅先生走路很轻捷,尤其使人记得清楚的,是他刚抓起帽子来往头上一扣,同时左腿就伸出去了,仿佛不顾一切地走去。

鲁迅先生不大注意人的衣裳,他说:"谁穿什么衣裳我看不见的……"

鲁迅先生生病,刚好了一点,他坐在躺椅上,抽着烟,那天我穿着新奇的大红的上衣,很宽的袖子。

鲁迅先生说:"这天气闷热起来,这就是梅雨天。"他把他装在象牙烟嘴上的香烟,又用手装得紧一点,往下又说了别的。

许先生忙着家务,跑来跑去,也没有对我的衣裳加以鉴赏。

于是我说："周先生，我的衣裳漂亮不漂亮？"

鲁迅先生从上往下看了一眼："不大漂亮。"

过了一会又接着说："你的裙子配的颜色不对，并不是红上衣不好看，各种颜色都是好看的，红上衣要配红裙子，不然就是黑裙子，咖啡色的就不行了；这两种颜色放在一起很混浊……你没看到外国人在街上走的吗？绝没有下边穿一件绿裙子，上边穿一件紫上衣，也没有穿一件红裙子而后穿一件白上衣的……"

鲁迅先生就在躺椅上看着我："你这裙子是咖啡色的，还带格子，颜色混浊得很，所以把红色衣裳也弄得不漂亮了。"

"……人瘦不要穿黑衣裳，人胖不要穿白衣裳；脚长的女人一定要穿黑鞋子，脚短就一定要穿白鞋子；方格子的衣裳胖人不能穿，但比横格子的还好；横格子的胖人穿上，就把胖子更往两边裂着，更横宽了，胖子要穿竖条子的，竖的把人显得长，横的把人显得宽……"

那天鲁迅先生很有兴致，把我一双短筒靴子也略略批评一下，说我的短靴是军人穿的，因为靴子的前后都有一条线织的拉手，这拉手据鲁迅先生说是放在裤子下边的……

我说："周先生，为什么那靴子我穿了多久了而不告诉我，怎么现在才想起来呢？现在我不是不穿了吗？我穿的这不是另外的鞋吗？"

"你不穿我才说的，你穿的时候，我一说你该不穿了。"

那天下午要赴一个宴会去，我要许先生给我找一点布条或绸条束一束头发。许先生拿了来米色的绿色的还有桃红色的。经我和许先生共同选定的是米色的。为着取美，把那桃红色的，许先生举起来放在我的头发上，并且许先生很开心地说着：

"好看吧！多漂亮！"

我也非常得意，很规矩又顽皮地在等着鲁迅先生往这边看我们。

鲁迅先生这一看，脸是严肃的，他的眼皮往下一放向着我们这边看着：

"不要那样装饰她……"

许先生有点窘了。

我也安静下来。

鲁迅先生在北平教书时，从不发脾气，但常常好用这种眼光看人，许先生常跟我讲。她在女师大读书时，周先生在课堂上，一生气就用眼睛往下一掠，看着他们，这种眼光是鲁迅先生在记范爱农先生的文字时曾自己述说过，而谁曾接触过这种眼光的人就会感到一个时代的全智者的催逼。

我开始问："周先生怎么也晓得女人穿衣裳的这些事情呢？"

"看过书的，关于美学的。"

"什么时候看的……"

"大概是在日本读书的时候……"

"买的书吗？"

"不一定是买的，也许是从什么地方抓到就看的……"

"看了有趣味吗？！"

"随便看看……"

"周先生看这书做什么？"

"……"没有回答，好像很难以答。

许先生在旁说："周先生什么书都看的。"

在鲁迅先生家里做客人，刚开始是从法租界来到虹口，搭电车也要差不多一个钟头的工夫，所以那时候来的次数比较少。记得有一次谈到半夜了，一过十二点电车就没有的，但那天不知讲了些什么，讲到一个段落就看看旁边小长桌上的圆钟，十一点半了，十一点四十五分了，电车没有了。

"反正已十二点，电车也没有，那么再坐一会。"许先生如此劝着。

鲁迅先生好像听了所讲的什么引起了幻想，安顿地举着象牙烟嘴在沉思着。

一点钟以后，送我（还有别的朋友）出来的是许先生，外边下着蒙蒙的小雨，弄堂里灯光全然灭掉了，鲁迅先生嘱咐许先生一定让坐小汽车回去，并且一定嘱咐许先生付钱。

以后也住到北四川路来，就每夜饭后必到大陆新村来了，刮风的天,下雨的天,几乎没有间断的时候。

鲁迅先生很喜欢北方饭,还喜欢吃油炸的东西喜欢吃硬的东西,就是后来生病的时候,也不大吃牛奶。鸡汤端到旁边用调羹舀了一二下就算了事。

有一天约好我去包饺子吃,那还是住在法租界,所以带了外国酸菜和用绞肉机绞成的牛肉,就和许先生站在客厅后边的方桌边包起来。海婴公子围着闹得起劲,一会按成圆饼的面拿去了,他说做了一只船来,送在我们的眼前,我们不看他,转身他又做了一只小鸡。许先生和我都不去看他,对他竭力避免加以赞美,若一赞美起来,怕他更做得起劲。

客厅后边没到黄昏就先黑了,背上感到些微微的寒凉,知道衣裳不够了,但为着忙,没有加衣裳去。等把饺子包完了看看那数目并不多,这才知道许先生与我们谈话谈得太多,误了工作。许先生怎样离开家的,怎样到天津读书的,在女师大读书时怎样做了家庭教师。她去考家庭教师的那一段描写,非常有趣,只取一名,可是考了好几十名,她之能够当选算是难的了。指望对于学费有点补助,冬天来了,北平又冷,那家离学校又远,每月除了车子钱之外,若伤风感冒还得自己拿出买阿司匹林的钱来,每月薪金十元要从西城跑到东城……

饺子煮好,一上楼梯,就听到楼上明朗的鲁迅先生的笑声冲下楼梯来,原来有几个朋友在楼上也正谈得热闹。那一天吃得是很好的。

以后我们又做过韭菜合子，又做过荷叶饼，我一提议，鲁迅先生必然赞成，而我做的又不好，可是鲁迅先生还是在桌上举着筷子问许先生："我再吃几个吗？"

因为鲁迅先生胃不大好，每饭后必吃"脾自美"药丸一二粒。

有一天下午鲁迅先生正在校对着瞿秋白的《海上述林》，我一走进卧室去，从那圆转椅上鲁迅先生转过来了，向着我，还微微站起了一点。

"好久不见，好久不见。"一边说着一边向我点头。

刚刚我不是来过了吗？怎么会好久不见？就是上午我来的那次周先生忘记了，可是我也每天来呀……怎么都忘记了吗？

周先生转身坐在躺椅上才自己笑起来，他是在开着玩笑。

梅雨季节，很少有晴天，一天的上午刚一放晴，我高兴极了，就到鲁迅先生家去了，跑得上楼还喘着。鲁迅先生说："来啦！"我说："来啦！"

我喘着连茶也喝不下。

鲁迅先生就问我：

"有什么事吗？"

我说："天晴啦，太阳出来啦。"

许先生和鲁迅先生都笑着，一种对于冲破忧郁心境的崭然的会心的笑。

海婴一看到我非拉我到院子里和他一道玩不可,拉我的头发或拉我的衣裳。

为什么他不拉别人呢?据周先生说:"他看你梳着辫子,和他差不多,别人在他眼里都是大人,就看你小。"

许先生问着海婴:"你为什么喜欢她呢?不喜欢别人?"

"她有小辫子。"说着就来拉我的头发。

鲁迅先生家生客人很少,几乎没有,尤其是住在他家里的人更没有。一个礼拜六的晚上,在二楼上鲁迅先生的卧室里摆好了晚饭,围着桌子坐满了人。每逢礼拜六晚上都是这样的,周建人先生带着全家来拜访的。在桌子边坐着一个很瘦的很高的穿着中国小背心的人,鲁迅先生介绍说:"这是一位同乡,是商人。"

初看似乎对的,穿着中国裤子,头发剃得很短。当吃饭时,他还让别人酒,也给我倒一盅,态度很活泼,不大像个商人;等吃完了饭,又谈到《伪自由书》及《二心集》。这个商人,开明得很,在中国不常见。没有见过的就总不大放心。

下一次是在楼下客厅后的方桌上吃晚饭,那天很晴,一阵阵地刮着热风,虽然黄昏了,客厅里还不昏黑。鲁迅先生是新剪的头发,还能记得桌上有一盘黄花鱼,大概是顺着鲁迅先生的口味,是用油煎的。鲁迅先生前面摆着一碗酒,酒碗是扁扁的,好像用作吃饭的饭碗。那位商人先生也能喝酒,酒瓶就站在他的旁边。他说蒙古人什么样,苗人什么样,从西藏经过时,那西藏女人见了男人追

133

她，她就如何如何。

这商人可真怪，怎么专门走地方，而不做买卖？并且鲁迅先生的书他也全读过，一开口这个，一开口那个。并且海婴叫他×先生，我一听那×字就明白他是谁了。×先生常常回来得很迟，从鲁迅先生家里出来，在弄堂里遇到了几次。

有一天晚上×先生从三楼下来，手里提着小箱子，身上穿着长袍子，站在鲁迅先生的面前，他说他要搬了。他告了辞，许先生送他下楼去了。这时候周先生在地板上绕了两个圈子，问我说：

"你看他到底是商人吗？"

"是的。"我说。

鲁迅先生很有意思地在地板上走几步，而后向我说："他是贩卖私货的商人，是贩卖精神上的……"

×先生走过二万五千里回来的。

青年人写信，写得太草率，鲁迅先生是深恶痛绝之的。

"字不一定要写得好，但必须得使人一看了就认识，年轻人现在都太忙了……他自己赶快胡乱写完了事，别人看了三遍五遍看不明白，这费了多少工夫，他不管。反正这费了的工夫不是他的。这存心是不太好的。"

但他还是展读着每封由不同角落里投来的青年的信，眼睛不济时，便戴起眼镜来看，常常看到夜里很深的时光。

鲁迅先生坐在××电影院楼上的第一排,那片名忘记了,新闻片是苏联纪念五一节的红场。

"这个我怕看不到的……你们将来可以看得到。"鲁迅先生向我们周围的人说。

珂勒惠支的画,鲁迅先生最佩服,同时也很佩服她的做人。珂勒惠支受希特拉的压迫,不准她做教授,不准她画画,鲁迅先生常讲到她。

史沫特烈,鲁迅先生也讲到,她是美国女子,帮助印度独立运动,现在又在援助中国。

鲁迅先生介绍人去看的电影:《夏伯阳》《复仇艳遇》……其余的如《人猿泰山》……或者《非洲的怪兽》这一类的影片,也常介绍给人的。鲁迅先生说:"电影没有什么好的,看看鸟兽之类倒可以增加些对于动物的知识。"

鲁迅先生不游公园,住在上海十年,兆丰公园没有进过。虹口公园这么近也没有进过。春天一到了,我常告诉周先生,我说公园里的土松软了,公园里的风多么柔和。周先生答应选个晴好的天气,选个礼拜日,海婴休假日,好一道去,坐一乘小汽车一直开到兆丰公园,也算是短途旅行。但这只是想着而未有做到,并且把公园给下了定义。鲁迅先生说:"公园的样子我知道的……一进门分作两条路,一条通左边,一条通右边,沿着路种着点柳树什么树的,树下摆着几张长椅子,再远一点有个水池子。"

我是去过兆丰公园的,也去过虹口公园或是法国公园的,仿佛这个定义适用于任何国度的公园设计者。

鲁迅先生不戴手套,不围围巾,冬天穿着黑土蓝的棉布袍子,头上戴着灰色毡帽,脚穿黑帆布胶皮底鞋。

胶皮底鞋夏天特别热,冬天又凉又湿,鲁迅先生的身体不算好,大家都提议把这鞋子换掉。鲁迅先生不肯,他说胶皮底鞋子走路方便。

"周先生一天走多少路呢?也不就一转弯到×××书店走一趟吗?"

鲁迅先生笑而不答。

"周先生不是很好伤风吗?不围巾子,风一吹不就伤风了吗?"

鲁迅先生这些个都不习惯,他说:

"从小就没戴过手套围巾,戴不惯。"

鲁迅先生一推开门从家里出来时,两只手露在外边,很宽的袖口冲着风就向前走,腋下夹着个黑绸子印花的包袱,里边包着书或者是信,到老靶子路书店去了。

那包袱每天出去必带出去,回来必带回来。出去时带着给青年们的信，回来又从书店带来新的信和青年请鲁迅先生看的稿子。

鲁迅先生抱着印花包袱从外边回来，还得提着一把伞，一进门客厅早坐着客人，把伞挂在衣架上就陪客人谈起话来。谈了很久了，伞上的水滴顺着伞杆在地板上已经聚了一摊水。

鲁迅先生上楼去拿香烟，抱着印花包袱，而那把伞也没有忘记，顺手也带到楼上去。

鲁迅先生的记忆力非常之强，他的东西从不随便散置在任何地方。

鲁迅先生很喜欢北方口味。许先生想请一个北方厨子，鲁迅先生以为开销太大，请不得的，男用人，至少要十五元钱的工钱。

所以买米买炭都是许先生下手。我问许先生为什么用两个女用人都是年老的，都是六七十岁的？许先生说她们做惯了，海婴的保姆，海婴几个月时就在这里。

正说着那矮胖胖的保姆走下楼梯来了，和我们打了个迎面。

"先生，没吃茶吗？"她赶快拿了杯子去倒茶，那刚刚下楼时气喘的声音还在喉管里咕噜咕噜的，她确实年老了。

来了客人，许先生没有不下厨房的，菜食很丰富，鱼，肉……都是用大碗装着，起码四五碗，多则七八碗。可是平常就只三碗菜：一碗素炒豌豆苗，一碗笋炒咸菜，再一碗黄花鱼。

这菜简单到极点。

鲁迅先生的原稿，在拉都路一家炸油条的那里用着包油条，我得到了一张，是译《死魂灵》的原稿，写信告诉了鲁迅先生。鲁迅先生不以为稀奇，许先生倒很生气。

鲁迅先生出书的校样，都用来揩桌，或做什么的。请客人在家里吃饭，吃到半道，鲁迅先生回身去拿来校样给大家分着。客人接到手里一看，这怎么可以？鲁迅先生说：

"擦一擦，拿着鸡吃，手是腻的。"

到洗澡间去，那边也摆着校样纸。

许先生从早晨忙到晚上，在楼下陪客人，一边还手里打着毛线。不然就是一边谈着话一边站起来用手摘掉花盆里花上已干枯了的叶子。许先生每送一个客人，都要送到楼下门口，替客人把门开开，客人走出去而后轻轻地关了门再上楼来。

来了客人还到街上去买鱼或买鸡，买回来还要到厨房里去工作。

鲁迅先生临时要寄一封信，就得许先生换起皮鞋子来到邮局或者大陆新村旁边信筒那里去。落着雨天，许先生就打起伞来。

许先生是忙的，许先生的笑是愉快的，但是头发有一些是白了的。

夜里去看电影，施高塔路的汽车房只有一辆车，鲁迅先生一定不坐，一定让我们坐。许先生，周建人夫人……海婴，周建人先生的三位女公子。我们上车了。

鲁迅先生和周建人先生,还有别的一二位朋友在后边。

看完了电影出来,又只叫到一部汽车,鲁迅先生又一定不肯坐,让周建人先生的全家坐着先走了。

鲁迅先生旁边走着海婴,过了苏州河的大桥去等电车去了。等了二三十分钟电车还没有来,鲁迅先生依着沿苏州河的铁栏杆坐在桥边的石围上了,并且拿出香烟来,装上烟嘴,悠然地吸着烟。

海婴不安地来回地乱跑,鲁迅先生还招呼他和自己并排坐下。

当鲁迅先生坐在那和一个乡下的安静老人一样。

鲁迅先生吃的是清茶,其余不吃别的饮料。咖啡、可可、牛奶、汽水之类,家里都不预备。

鲁迅先生陪客人到深夜,必同客人一道吃些点心。那饼干就是从铺子里买来的,装在饼干盒子里,到夜深许先生拿着碟子取出来,摆在鲁迅先生的书桌上。吃完了,许先生打开立柜再取一碟。还有向日葵子差不多每来客人必不可少。鲁迅先生一边抽着烟,一边剥着瓜子吃,吃完了一碟鲁迅先生必请许先生再拿一碟来。

鲁迅先生备有两种纸烟,一种价钱贵的,一种便宜的。便宜的是绿听子的,我不认识那是什么牌子,只记得烟头上带着黄纸的嘴,每五十支的价钱大概是四角到五角,是鲁迅先生自己平日用的。另一种是白听子的,是前门烟,用来招待客人的,白听烟放在鲁迅先生书桌的抽屉里。来客人鲁迅先生下楼,把它带到楼下去,客人走了,又带回楼上来照样放在抽屉里。而绿听子的永远放在书桌上,是鲁迅先生随时吸着的。

鲁迅先生的休息,不听留声机,不出去散步,也不倒在床上睡觉,鲁迅先生自己说:

"坐在椅子上翻一翻书就是休息了。"

鲁迅先生从下午二三点钟起就陪客人,陪到五点钟,陪到六点钟,客人若在家吃饭,吃完饭又必要在一起喝茶,或者刚刚吃完茶走了,或者还没走又来了客人,于是又陪下去,陪到八点钟,十点钟,常常陪到十二点钟。从下午三点钟起,陪到夜里十二点,这么长的时间,鲁迅先生都是坐在藤躺椅上,不断地吸着烟。

客人一走,已经是下半夜了,本来已经是睡觉的时候了,可是鲁迅先生正要开始工作。

在工作之前,他稍微合一合眼睛,燃起一支烟来,躺在床边上,这一支烟还没有吸完,许先生差不多就在床里边睡着了。(许先生为什么睡得这样快?因为第二天早晨六七点钟就要来管家务。)海婴这时在三楼和保姆一道睡着了。

全楼都寂静下去,窗外也一点声音没有了,鲁迅先生站起来,坐到书桌边,在那绿色的台灯下开始写文章了。许先生说鸡鸣的时候,鲁迅先生还是坐着,街上的汽车嘟嘟地叫起来了,鲁迅先生还是坐着。

有时许先生醒了,看着玻璃窗白萨萨的了,灯光也不显得怎么亮了,鲁迅先生的背影不像夜里那样高大。

鲁迅先生的背影是灰黑色的,仍旧坐在那里。

人家都起来了,鲁迅先生才睡下。

海婴从三楼下来了,背着书包,保姆送他到学校去,经过鲁迅先生的门前,保姆总是吩咐他说:

"轻一点走,轻一点走。"

鲁迅先生刚一睡下,太阳就高起来了,太阳照着隔院子的人家,明亮亮的,照着鲁迅先生花园的夹竹桃,明亮亮的。

鲁迅先生的书桌整整齐齐的,写好的文章压在书下边,毛笔在烧瓷的小龟背上站着。

一双拖鞋停在床下,鲁迅先生在枕头上边睡着了。

鲁迅先生喜欢吃一点酒,但是不多吃,吃半小碗或一碗。鲁迅先生吃的是中国酒,多半是花雕。

老靶子路有一家小吃茶店,只有门面一间,在门面里边设座,座少,安静,光线不充足,有些冷落。鲁迅先生常到这里吃茶店来，有约会多半是在这里边，老板是犹太人，也许是白俄，胖胖的，中国话大概他听不懂。

鲁迅先生这一位老人，穿着布袍子，有时到这里来，泡一壶红茶，和青年人坐在一道谈了一两个钟头。

有一天鲁迅先生的背后那茶座里边坐着一位摩登女子，身穿紫裙子、黄衣裳，头戴花帽子……那女子临走时，鲁迅先生一看她，用眼瞪着她，很生气地看了她半天。而后说：

"是做什么的呢？"

鲁迅先生对于穿着紫裙子、黄衣裳、花帽子的人就是这样看法的。

鬼到底是有的没有的？传说上有人见过，还跟鬼说过话，还有人被鬼在后边追赶过，吊死鬼一见了人就贴在墙上。但没有一个人捉住一个鬼给大家看看。

鲁迅先生讲了他看见过鬼的故事给大家听：

"是在绍兴……"鲁迅先生说，"三十年前……"

那时鲁迅先生从日本读书回来，不知是在一个师范学堂里呢，还是别的学堂里教书，晚上没有事时，鲁迅先生总是到朋友家去谈天。这朋友住的离学堂几里路，几里路不算远，但必得经过一片坟地。谈天有的时候就谈得晚了，十一二点钟才回学堂的事也常有，有一天鲁迅先生就回去得很晚，天空有很大的月亮。

鲁迅先生向着归路走得很起劲时,往远处一看,远远有一个白影。

鲁迅先生不相信鬼的,在日本留学时是学的医,常常把死人抬来解剖的,鲁迅先生解剖过二十几个,不但不怕鬼,对死人也不怕,所以对坟地也就根本不怕。仍旧是向前走的。

走了不几步,那远处的白影没有了,再看突然又有了。并且时小时大,时高时低,正和鬼一样。鬼不就是变幻无常的吗?

鲁迅先生有点踌躇了,到底向前走呢?还是回过头来走?本来回学堂不止这一条路,这不过是最近的一条就是了。

鲁迅先生仍是向前走,到底要看一看鬼是什么样,虽然那时候也怕了。

鲁迅先生那时从日本回来不久,所以还穿着硬底皮鞋。鲁迅先生决心要给那鬼一个致命的打击,等走到那白影旁边时,那白影缩小了,蹲下了,一声不响地靠住了一个坟堆。

鲁迅先生就用了他的硬皮鞋踢了出去。

那白影噢的一声叫起来,随着就站起来,鲁迅先生定眼看去,他却是个人。

鲁迅先生说在他踢的时候,他是很害怕的,好像若一下不把那东西踢死,自己反而会遭殃的,所以用了全力踢出去。

原来是个盗墓子的人在坟场上半夜做着工作。

鲁迅先生说到这里就笑了起来。

"鬼也是怕踢的,踢他一脚就立刻变成人了。"

我想,倘若是鬼常常让鲁迅先生踢踢倒是好的,因为给了他一个做人的机会。

从福建菜馆叫的菜,有一碗鱼做的丸子。

海婴一吃就说不新鲜,许先生不信,别的人也都不信。因为那丸子有的新鲜,有的不新鲜,别人吃到嘴里的恰好都是没有改味的。

许先生又给海婴一个,海婴一吃,又不是好的,他又嚷嚷着。别人都不注意,鲁迅先生把海婴碟里的拿来尝尝,果然不是新鲜的。鲁迅先生说:

"他说不新鲜,一定也有他的道理,不加以查看就抹杀是不对的。"

…………

以后我想起这件事来,私下和许先生谈过,许先生说:"周先生的做人,真是我们学不了的。哪怕一点点小事。"

鲁迅先生包一个纸包也要包得整整齐齐,常常把要寄出的书,鲁迅先生从许先生手里拿过来自己包,许先生本来包得多么好,而鲁迅先生还要亲自动手。

鲁迅先生把书包好了,用细绳捆上,那包方方正正的,连一个角也不准歪一点或扁一点，而后拿着剪刀，把捆书的那绳头都剪得整整齐齐。

就是包这书的纸都不是新的，都是从街上买东西回来留下来的。许先生上街回来把买来的东西一打开随手就把包东西的牛皮纸折起来，随手把小细绳卷了一个卷。若小细绳上有一个疙瘩，也要随手把它解开的。准备着随时用随时方便。

鲁迅先生住的是大陆新村九号。

一进弄堂口，满地铺着大方块的水门汀，院子里不怎样嘈杂，从这院子出入的有时候是外国人，也能够看到外国小孩在院子里零星地玩着。

鲁迅先生隔壁挂着一块大的牌子，上面写着一个"茶"字。

在一九三五年十月一日。

鲁迅先生的客厅里摆着长桌，长桌是黑色的，油漆不十分新鲜，但也并不破旧，桌上没有铺什么桌布，只在长桌的当处摆着一个绿豆青色的花瓶，花瓶里长着几株大叶子的万年青。围着长桌有七八张木椅子。尤其是在夜里，全弄堂一点什么声音也听不到。

那夜，就和鲁迅先生和许先生一道坐在长桌旁边喝茶的。当夜谈了许多关于伪满洲国的事情，从饭后谈起，一直谈到九点钟十点钟而后到十一点钟。时时想退出来，让鲁迅先生好早点休息，因为我看出来鲁迅先生身体不大好，又加上听许先生说过，鲁迅先生伤风了一个多月，刚好了的。

但鲁迅先生并没有疲倦的样子。虽然客厅里也摆着一张可以卧倒的藤椅，我们劝他几次想让他坐在藤椅上休息一下，但是他没有去，仍旧坐在椅子上。并且还上楼一次，去加穿了一件皮袍子。

那夜鲁迅先生到底讲了些什么，现在记不起来了。也许想起来的不是那夜讲的而是以后讲的也说不定。过了十一点，天就落雨了，雨点淅沥淅沥地打在玻璃窗上，窗子没有窗帘，所以偶一回头，就看到玻璃窗上有小水流往下流。夜已深了，并且落了雨，心里十分着急，几次站起来想要走，但是鲁迅先生和许先生一再说再坐一下："十二点以前终归有车子可搭的。"所以一直坐到将近十二点，才穿起雨衣来，打开客厅外边的响着的铁门，鲁迅先生非要送到铁门外不可。我想为什么他一定要送呢？对于这样年轻的客人，这样地送是应该的吗？雨不会打湿了头发，受了寒伤风不又要继续下去吗？站在铁门外边，鲁迅先生说，并且指着隔壁那家写着"茶"字的大牌子："下次来记住这个'茶'字，就是这个'茶'的隔壁。"而且伸出手去，几乎是触到了钉在锁门旁边的那个九号的"九"字，"下次来记住茶的旁边九号。"

于是脚踏着方块的水门汀，走出弄堂来，回过身去往院子里边看了一看，鲁迅先生那一排房子统统是黑洞洞的，若不是告诉得那样清楚，下次来恐怕要记不住的。

鲁迅先生的卧室，一张铁架大床，床顶上遮着许先生亲手做的白布刺花的围子，顺着床的一边折着两床被子，都是很厚的，是花洋布的被面。挨着门口的床头的方面站着抽屉柜。一进门的左手摆着八仙桌，桌子的两旁藤椅各一，立柜站在和方桌一排的墙角，立柜本是挂衣服的，衣裳却很少，都让糖盒子、饼干桶子、瓜子罐给塞满了。有一次××老板的太太来拿版权的图章花，鲁迅先生就从立柜下边大抽屉里取出的。沿着墙角往窗子那边走，有一张装饰台，桌子上有一个方形的满浮着绿草的玻璃养鱼池，里边游着的不是金鱼而是灰色的扁肚子的小鱼。除了鱼池之外另有一只圆的表，其余那上边满装着书。铁床架靠窗子的那头的书柜里书柜外都是书。最后是鲁迅先生的写字台，那上边也都是书。

鲁迅先生家里，从楼上到楼下，没有一个沙发。鲁迅先生工作时坐的椅子是硬的，到楼下陪客人时坐的椅子又是硬的。

鲁迅先生的写字台面向着窗子，上海弄堂房子的窗子差不多满一面墙那么大，鲁迅先生把它关起来，因为鲁迅先生工作起来有一个习惯，怕吹风，风一吹，纸就动，时时防备着纸跑，文章就写不好。所以屋子里热得和蒸笼似的，请鲁迅先生到楼下去，他又不肯，鲁迅先生的习惯是不换地方。有时太阳照进来，许先生劝他把书桌移开一点都不肯。只有满身流汗。

鲁迅先生的写字桌，铺了张蓝格子的油漆布。四角都用图钉按着。桌子上有小砚台一方，墨一块，毛笔站在笔架上。笔架是烧瓷的，在我看来不很细致，是一个龟，龟背上带着好几个洞，笔就插在那洞里。鲁迅先生多半是用毛笔的，钢笔也不是没有，是放在抽屉里。桌上有一个方大的白瓷的烟灰盒，还有一个茶杯，杯子上戴着盖。

鲁迅先生的习惯与别人不同，写文章用的材料和来信都压在桌子上，把桌子都压得满满的，几乎只有写字的地方可以伸开手，其余桌子的一半被书或纸张占有着。

左手边的桌角上有一个带绿灯罩的台灯，那灯泡是横着装的，在上海那是极普通的台灯。

冬天在楼上吃饭，鲁迅先生自己拉着电线把台灯的机关从棚顶的灯头上拔下，而后装上灯泡子。等饭吃过，许先生再把电线装起来，鲁迅先生的台灯就是这样做成的，拖着一根长长的电线在棚顶上。

鲁迅先生的文章，多半是在这台灯下写。因为鲁迅先生的工作时间，多半是下半夜一两点起，天将明了休息。

卧室就是如此，墙上挂着海婴公子一个月婴孩的油画像。

挨着卧室的后楼里边，完全是书了，不十分整齐，报纸和杂志或洋装的书，都混在这间屋子里，一走进去多少还有些纸张气味。地板被书遮盖得太小了，几乎没有了，大网篮也堆在书中。墙上拉着一条绳子或者是铁丝，就在那上边系了小提盒、铁丝笼之类。风干荸荠就盛在铁丝笼，扯着的那铁丝几乎被压断了在弯弯着。一推开藏书室的窗子，窗子外边还挂着一筐风干荸荠。

"吃吧,多得很,风干的,格外甜。"许先生说。

楼下厨房传来了煎菜的锅铲的响声,并且两个年老的娘姨慢重重地在讲一些什么。

厨房是家庭最热闹的一部分。整个三层楼都是静静的,喊娘姨的声音没有,在楼梯上跑来跑去的声音没有。鲁迅先生家里五六间房子只住着五个人,三位是先生的全家,余下的二位是年老的女用人。

来了客人都是许先生亲自倒茶,即或是麻烦到娘姨时,也是许先生下楼去吩咐,绝没有站到楼梯口就大声呼唤的时候。所以整个房子都在静悄悄之中。

只有厨房比较热闹了一点,自来水哗哗地流着,洋瓷盆在水门汀的水池子上每拖一下磨着嚓嚓地响,洗米的声音也是嚓嚓的。鲁迅先生很喜欢吃竹笋的,在菜板上切着笋片笋丝时,刀刃每划下去都是很响的。其他比起别人家的厨房来却冷清极了,所以洗米声和切笋声都分开来听得样样清清晰晰。

客厅的一边摆着并排的两个书架,书架是带玻璃橱的,里边有朵斯托益夫斯基[1]的全集和别的外国作家的全集,大半都是日文译本。地板上没有地毯,但擦得非常干净。

海婴公子的玩具橱也站在客厅里,里边是些毛猴子、橡皮人、火车汽车之类,里边装得满满的,别人是数不清的,只有海婴自己

---

[1] 朵斯托益夫斯基:今译陀思妥耶夫斯基,俄国作家。

伸手到里边找些什么就有什么。过新年时在街上买的兔子灯，纸毛上已经落了灰尘了，仍摆在玩具橱顶上。

客厅只有一个灯头，大概五十烛光。客厅的后门对着上楼的楼梯，前门一打开有一个一方丈大小的花园，花园里没有什么花看，只有一株很高的七八尺高的小树，大概那树是柳桃，一到了春天，容易生长蚜虫，忙得许先生拿着喷蚊虫的机器，一边陪着谈话，一边喷着杀虫药水。沿着墙根，种了一排玉米，许先生说："这玉米长不大的，这土是没有养料的，海婴一定要种。"

春天，海婴在花园里掘着泥沙，培植着各种玩意。

三楼则特别静了，向着太阳开着两扇玻璃门，门外有一个水门汀的突出的小廊子，春天很温暖地抚摸着门口长垂着的帘子，有时帘子被风打得很高，飘扬得饱满得和大鱼泡似的。那时候隔院的绿树照进玻璃门扇里边来了。

海婴坐在地板上装着小工程师在修着一座楼房，他那楼房是用椅子横倒了架起来修的，而后遮起一张被单来算作屋瓦，全个房子在他自己拍着手的赞誉声中完成了。

这间屋感到些空旷和寂寞，既不像女工住的屋子，又不像儿童室。海婴的眠床靠着屋子的一边放着，那大圆顶帐子日里也不打起来，长拖拖的好像从棚顶一直拖到地板上，那床是非常讲究的，属于刻花的木器一类的。许先生讲过，租这房子时，从前一个房客转留下来的。海婴和他的保姆，就睡在五六尺宽的大床上。

冬天烧过的火炉,三月里还冷冰冰地在地板上站着。

海婴不大在三楼上玩的,除了到学校去,就是在院里踏脚踏车,他非常欢喜跑跳,所以厨房、客厅、二楼,他是无处不跑的。

三楼整天在高处空着,三楼的后楼住着另一个老女工,一天很少上楼来,所以楼梯擦过后,一天到晚干净得溜明。

一九三六年三月里鲁迅先生病了,靠在二楼的躺椅上,心脏跳动得比平日厉害,脸色略微灰了一点。

许先生正相反的,脸色是红的,眼睛显得大了,讲话的声音是平静的,态度并没有比平日慌张。在楼下一走进客厅来许先生就告诉说:

"周先生病了,气喘……喘得厉害,在楼上靠在躺椅上。"

鲁迅先生呼喘的声音,不用走到他的旁边,一进了卧室就听得到的。鼻子和胡须在扇着,胸部一起一落。眼睛闭着,差不多永久不离开手的纸烟,也放弃了。藤椅后边靠着枕头,鲁迅先生的头有些向后,两只手空闲地垂着。眉头仍和平日一样没有聚皱,脸上是平静的,舒展的,似乎并没有任何痛苦加在身上。

"来了吧?"鲁迅先生睁一睁眼睛,"不小心,着了凉呼吸困难……到藏书的房子去翻一翻书……那房子因为没有人住,特别凉……回来就……"

许先生看周先生说话吃力,赶紧接着说周先生是怎样气喘的。

医生看过了，吃了药，但喘并未停。下午医生又来过，刚刚走。

卧室在黄昏里边一点一点地暗下去，外边起了一点小风，隔院的树被风摇着发响。别人家的窗子有的被风打着发出自动关开的响声，家家的流水道都是哗啦哗啦地响着水声，一定是晚餐之后洗着杯盘的剩水。晚餐后该散步的散步去了，该会朋友的会朋友去了，弄堂里来去地稀疏不断地走着人，而娘姨们还没有解掉围裙呢，就依着后门彼此搭讪起来。小孩子们三五一伙前门后门地跑着，弄堂外汽车穿来穿去。

鲁迅先生坐在躺椅上，沉静地，不动地合着眼睛，略微灰了的脸色被炉里的火染红了一点。纸烟听子蹲在书桌上，盖着盖子，茶杯也蹲在桌子上。

许先生轻轻地在楼梯上走着，许先生一到楼下去，二楼就只剩了鲁迅先生一个人坐在椅子上，呼喘把鲁迅先生的胸部有规律性地抬得高高的。

"鲁迅先生必得休息的。"须藤医生这样说的。可是鲁迅先生从此不但没有休息，并且脑子里所想的更多了，要做的事情都像非立刻就做不可，校《海上述林》的校样，印珂勒惠支的画，翻译《死魂灵》下部，刚好了，这些就都一起开始了，还计算着出三十年集（即《鲁迅全集》）。

鲁迅先生感到自己的身体不好，就更没有时间注意身体，所以要多做，赶快做。当时大家不解其中的意思，都以为鲁迅先生对于休息不以为然，后来读了鲁迅先生《死》的那篇文章才了然了。

鲁迅先生知道自己的健康不成了，工作的时间没有几年了，死了是不要紧的，只要留给人类更多，鲁迅先生就是这样。

不久书桌上德文字典和日文字典都摆起来了，果戈理的《死魂灵》，又开始翻译了。

鲁迅先生的身体不大好，容易伤风，伤风之后，照常要陪客人，回信，校稿子。所以伤风之后总要拖下去一个月或半个月的。

瞿秋白的《海上述林》校样，一九三五年冬，一九三六年的春天，鲁迅先生不断地校着，几十万字的校样，要看三遍，而印刷所送校样来总是十页八页的，并不是统统一道地送来，所以鲁迅先生不断地被这校样催索着，鲁迅先生竟说：

"看吧，一边陪着你们谈话，一边看校样，眼睛可以看，耳朵可以听……"

有时客人来了，一边说着笑话，鲁迅先生一边放下了笔。有的时候也说："剩几个字了……请坐一坐……"

一九三五年冬天许先生说：

"周先生的身体是不如从前了。"

有一次鲁迅先生到饭馆里去请客，来的时候兴致很好，还记得那次吃了一只烤鸭子，整个的鸭子用大钢叉子叉上来时，大家看这鸭子烤得又油又亮的，鲁迅先生也笑了。

菜刚上满了，鲁迅先生就到躺椅上吸一支烟，并且合一合眼睛。一吃完了饭，有的喝多了酒的，大家都闹乱了起来，彼此抢着苹果，彼此讽刺着玩，说着一些人可笑的话。而鲁迅先生这时候，坐在躺椅上，合着眼睛，很庄严地在沉默着，让拿在手上纸烟的烟丝，袅袅地上升着。

别人以为鲁迅先生也是喝多了酒吧！

许先生说，并不的。

"周先生的身体是不如从前了，吃过了饭总要闭一闭眼睛稍微休息一下，从前一向没有这习惯。"

周先生从椅子上站起来了，大概说他喝多了酒的话让他听到了。

"我不多喝酒的。小的时候，母亲常提到父亲喝了酒，脾气怎样坏，母亲说，长大了不要喝酒，不要像父亲那样子……所以我不多喝的……从来没喝醉过……"

鲁迅先生休息好了，换了一支烟，站起来也去拿苹果吃，可是苹果没有了。鲁迅先生说：

"我争不过你们了，苹果让你们抢没了。"

有人抢到手的还在保存着的苹果，奉献出来，鲁迅先生没有吃，只在吸烟。

一九三六年春，鲁迅先生的身体不大好，但没有什么病，吃过了夜饭，坐在躺椅上，总要闭一闭眼睛沉静一会。

许先生对我说，周先生在北平时，有时开着玩笑，手按着桌子一跃就能够跃过去，而近年来没有这么做过。大概没有以前那么灵便了。

这话许先生和我是私下讲的：鲁迅先生没有听见，仍靠在躺椅上沉默着呢。

许先生开了火炉门，装着煤炭哗哗地响，把鲁迅先生震醒了。一讲起话来鲁迅先生的精神又照常一样。

鲁迅先生睡在二楼的床上已经一个多月了，气喘虽然停止，但每天发热，尤其是在下午热度总在三十八度三十九度之间，有时也到三十九度多，那时鲁迅先生的脸是微红的，目力是疲弱的，不吃东西，不大多睡，没有一些呻吟，似乎全身都没有什么痛楚的地方。躺在床上的时候张开眼睛看着，有的时候似睡非睡地安静地躺着，茶吃得很少。差不多一刻也不停地吸烟，而今几乎完全放弃了，纸烟听子不放在床边，而仍很远地蹲在书桌上，若想吸一支，是请许先生付给的。

许先生从鲁迅先生病起，更过度地忙了。按着时间给鲁迅先生吃药，按着时间给鲁迅先生试温度表，试过了之后还要把一张医生发给的表格填好，那表格是一张硬纸，上面画了无数根线，许先生就在这张纸上拿着米度尺画着度数，那表面画得和尖尖的小山丘似的，又像尖尖的水晶石，高的低的一排连一排地站着。许先生虽每天画,但那像是一条接连不断的线,不过从低处到高处,从高处到低处,这高峰越高越不好,也就是鲁迅先生的热度越高了。

来看鲁迅先生的人,多半都不到楼上来了,为的请鲁迅先生好好地静养,所以把陪客人这些事也推到许先生身上来了。还有书、报、信,都要许先生看过,必要的就告诉鲁迅先生,不十分必要的,就先把它放在一处放一放,等鲁迅先生好些了再取出来交给他。然而这家庭里边还有许多琐事,比方年老的娘姨病了,要请两天假;海婴的牙齿脱掉一个要到牙医那里去看过,但是带他去的人没有,又得许先生。海婴在幼稚园里读书,又是买铅笔,买皮球,还有临时出些个花头,跑上楼来了,说要吃什么花生糖,什么牛奶糖,他上楼来是一边跑着一边喊着,许先生连忙拉住了他,拉他下了楼才跟他讲:

"爸爸病啦。"而后拿出钱来,嘱咐好了娘姨,只买几块糖而不准让他格外地多买。

收电灯费的来了,在楼下一打门,许先生就得赶快往楼下跑,怕的是再多打几下,就要惊醒了鲁迅先生。

海婴最喜欢听讲故事,这也是无限的麻烦,许先生除了陪海婴讲故事之外,还要在长桌上偷一点工夫来看鲁迅先生为有病耽搁下来尚未校完的校样。

在这期间,许先生比鲁迅先生更要担当一切了。

鲁迅先生吃饭，是在楼上单开一桌，那仅仅是一个方木桌，许先生每餐亲手端到楼上去，每样都用小吃碟盛着，那小吃碟直径不过二寸，一碟豌豆苗或菠菜或苋菜，把黄花鱼或者鸡之类也放在小碟里端上楼去。若是鸡，那鸡也是全鸡身上最好的一块地方拣下来的肉；若是鱼，也是鱼身上最好一部分，许先生才把它拣下放在小碟里。

许先生用筷子来回地翻着楼下的饭桌上菜碗里的东西，菜拣嫩的，不要茎，只要叶，鱼肉之类，拣烧得软的，没有骨头没有刺的。

心里存着无限的期望，无限的要求，用了比祈祷更虔诚的目光，许先生看着她自己手里选得精精致致的菜盘子，而后脚板触了楼梯上了楼。

希望鲁迅先生多吃一口，多动一动筷，多喝一口鸡汤。鸡汤和牛奶是医生所嘱的，一定要多吃一些的。

把饭送上去，有时许先生陪在旁边，有时走下楼来又做些别的事，半个钟头之后，到楼上去取这盘子。这盘子装得满满的，有时竟照原样一动也没有动又端下来了，这时候许先生的眉头微微地皱了一点。旁边若有什么朋友，许先生就说："周先生的热度高，什么也吃不落，连茶也不愿意吃，人很苦，人很吃力。"

有一天许先生用波浪式的专门切面包的刀切着面包，是在客厅后边方桌上切的，许先生一边切着一边对我说：

"劝周先生多吃东西，周先生说，人好了再保养，现在勉强吃也是没有用的。"

许先生接着似乎问着我:

"这也是对的?"

而后把牛奶面包送上楼去了。一碗烧好的鸡汤,从方盘里许先生把它端出来了,就摆在客厅后的方桌上。许先生上楼去了,那碗热的鸡汤在方桌上自己悠然地冒着热气。

许先生由楼上回来还说呢:

"周先生平常就不喜欢吃汤之类,在病里,更勉强不下了。"

许先生似乎安慰着自己似的。

"周先生人强,喜欢吃硬的,油炸的,就是吃饭也喜欢吃硬饭……"

许先生楼上楼下地跑,呼吸有些不平静,坐在她旁边,似乎可以听到她心脏的跳动。

鲁迅先生开始独桌吃饭以后,客人多半不上楼来了,经许先生婉言把鲁迅先生健康的经过报告了之后就走了。

鲁迅先生在楼上一天一天地睡下去,睡了许多日子,都寂寞了,有时大概热度低了点就问许先生:

"什么人来过吗?"

看鲁迅先生好些,就一一地报告过。

有时也问到有什么刊物来吗?

鲁迅先生病了一个多月了。

证明了鲁迅先生是肺病，并且是肋膜炎，须藤老医生每天来了，为鲁迅先生把肋膜积水用打针的方法抽净，共抽过两三次。

这样的病，为什么鲁迅先生一点也不晓得呢？许先生说，周先生有时觉得肋痛了就自己忍着不说，所以连许先生也不知道，鲁迅先生怕别人晓得了又要不放心，又要看医生，医生一定又要说休息。鲁迅先生自己知道做不到的。

福民医院美国医生的检查，说鲁迅先生肺病已经二十年了。这次发了怕是很严重。

医生规定个日子，请鲁迅先生到福民医院去详细检查，要照X光的。

但鲁迅先生当时就下楼是下不得的，又过了许多天，鲁迅先生到福民医院去检查病去了。照X光后给鲁迅先生照了一个全部的肺部的照片。

这照片取来的那天许先生在楼下给大家看了，右肺的上尖是黑的，中部也黑了一块，左肺的下半部都不大好，而沿着左肺的边边黑了一大圈。

这之后，鲁迅先生的热度仍高，若再这样热度不退，就很难抵抗了。

那查病的美国医生，只查病，而不给药吃，他相信药是没有用的。

须藤老医生，鲁迅先生早就认识，所以每天来，他给鲁迅先生吃了些退热药，还吃停止肺病菌活动的药。他说若肺不再坏下去，就停止在这里，热自然就退了，人是不危险的。

在楼下的客厅里，许先生哭了。许先生手里拿着一团毛线，那是海婴的毛线衣拆了洗过之后又团起来的。

鲁迅先生在无欲望状态中，什么也不吃，什么也不想，睡觉似睡非睡的。

天气热起来了，客厅的门窗都打开着，阳光跳跃在门外的花园里。麻雀来了停在夹竹桃上叫了三两声就飞去，院子里的小孩们唧唧喳喳地玩耍着，风吹进来好像带着热气，扑到人的身上，天气刚刚发芽的春天，变为夏天了。

楼上老医生和鲁迅先生谈话的声音隐约可以听到。

楼下又来客人，来的人总要问：

"周先生好一点吗？"

许先生照常说："还是那样子。"

但今天说了眼泪又流了满脸。一边拿起杯子来给客人倒茶，一边用左手拿着手帕按着鼻子。

客人问：

"周先生又不大好吗？"

许先生说：

"没有的，是我心窄。"

过了一会鲁迅先生要找什么东西，喊许先生上楼去，许先生连忙擦着眼睛，想说她不上楼的，但左右看了一看，没有人能代替了她，于是带着她那团还没有缠完的毛线球上楼去了。

　　楼上坐着老医生，还有两位探望鲁迅先生的客人。许先生一看了他们就自己低了头不好意思地笑了，她不敢到鲁迅先生的面前去，背转着身问鲁迅先生要什么呢，而后又是慌忙地把线缕挂在手上缠了起来。

　　一直到送老医生下楼，许先生都是把背向着鲁迅先生而站着的。

　　每次老医生走，许先生都是替老医生提着皮提包送到前门外的。许先生愉快地、沉静地带着笑容打开铁门闩，很恭敬地把皮包交给老医生，眼看着老医生走了才进来关了门。

　　这老医生出入在鲁迅先生的家里，连老娘姨对他都是尊敬的，医生从楼上下来时，娘姨若在楼梯的半道，赶快下来躲开，站到楼梯的旁边。有一天老娘姨端着一个杯子上楼，楼上医生和许先生一道下来了，那老娘姨躲闪不灵，急得把杯里的茶都颠出来了。等医生走过去，已经走出了前门，老娘姨还在那里呆呆地望着。

　　"周先生好了点吧？"

　　有一天许先生不在家，我问着老娘姨。她说：

　　"谁晓得，医生天天看过了不声不响地就走了。"

　　可见老娘姨对医生每天是怀着期望的眼光看着他的。

许先生很镇静，没有紊乱的神色，虽然说那天当着人哭过一次，但该做什么，仍是做什么，毛线该洗的已经洗了，晒的已经晒起，晒干了的随手就把它团起团子。

"海婴的毛线衣，每年拆一次，洗过之后再重打起，人一年一年地长，衣裳一年穿过，一年就小了。"

在楼下陪着熟的客人，一边谈着，一边开始手里动着竹针。

这种事情许先生是偷空就做的，夏天就开始预备着冬天的，冬天就做夏天的。

许先生自己常常说：

"我是无事忙。"

这话很客气，但忙是真的，每一餐饭，都好像没有安静地吃过。海婴一会要这个，要那个；若一有客人，上街临时买菜，下厨房煎炒还不说，就是摆到桌子上来，还要从菜碗里为着客人选好的夹过去。饭后又是吃水果，若吃苹果还要把皮削掉，若吃荸荠看客人削得慢而不好也要削了送给客人吃，那时鲁迅先生还没有生病。

许先生除了打毛线衣之外，还用机器缝衣裳，剪裁了许多件海婴的内衫裤在窗下缝。

因此许先生对自己忽略了，每天上下楼跑着，所穿的衣裳都是旧的，次数洗得太多，纽扣都洗脱了，也磨破了，都是几年前的旧衣裳，春天时许先生穿了一个紫红宁绸袍子，那料子是海婴在婴孩时候别人送给海婴做被子的礼物。做被子，许先生说很可惜，就拣起来做一件袍子。正说着,海婴来了,许先生使眼神,且不要提到,若提到海婴又要麻烦起来了,一要说是他的,他就要要。

许先生冬天穿一双大棉鞋,是她自己做的。一直到二三月早晚冷时还穿着。

有一次我和许先生在小花园里拍一张照片,许先生说她的纽扣掉了,还拉着我站在她前边遮着她。

许先生买东西也总是到便宜的店铺去买,再不然,到减价的地方去买。

处处俭省,把俭省下来的钱,都印了书和印了画。

现在许先生在窗下缝着衣裳,机器声格哒格哒的,震着玻璃门有些颤抖。

窗外的黄昏,窗内许先生低着的头,楼上鲁迅先生的咳嗽声,都搅混在一起了,重续着、埋藏着力量。在痛苦中,在悲哀中,一种对于生的强烈的愿望站得和强烈的火焰那样坚定。

许先生的手指把捉了在缝的那张布片,头有时随着机器的力量低沉了一两下。

许先生的面容是宁静的、庄严的、没有恐惧的,她坦荡地在使用着机器。

海婴在玩着一大堆黄色的小药瓶,用一个纸盒子盛着,端起来楼上楼下地跑。向着阳光照是金色的,平放着是咖啡色的,他召集了小朋友来,他向他们展览,向他们夸耀,这种玩意只有他有而别人不能有。他说：

"这是爸爸打药针的药瓶，你们有吗？"

别人不能有，于是他拍着手骄傲地呼叫起来。

许先生一边招呼着他，不叫他喊，一边下楼来了。

"周先生好了些？"

见了许先生大家都是这样问的。

"还是那样子，"许先生说，随手抓起一个海婴的药瓶来，"这不是么，这许多瓶子，每天打针，药瓶也积了一大堆。"

许先生一拿起那药瓶，海婴上来就要过去，很宝贵地赶快把那小瓶摆到纸盒里。

在长桌上摆着许先生自己亲手做的蒙着茶壶的棉罩子，从那蓝缎子的花罩下拿着茶壶倒着茶。

楼上楼下都是静的了，只有海婴快活的和小朋友们的吵嚷躲在太阳里跳荡。

海婴每晚临睡时必向爸爸妈妈说："明朝会！"

有一天他站在上三楼去的楼梯口上喊着：

"爸爸，明朝会！"

鲁迅先生那时正病得沉重，喉咙里边似乎有痰，那回答的声音很小，海婴没有听到，于是他又喊：

"爸爸，明朝会！"他等一等，听不到回答的声音，他就大声地连串地喊起来：

"爸爸,明朝会,爸爸,明朝会,……爸爸,明朝会……"

他的保姆在前边往楼上拖他,说是爸爸睡下了,不要喊了。可是他怎么能够听呢,仍旧喊。

这时鲁迅先生说"明朝会",还没有说出来喉咙里边就像有东西在那里堵塞着,声音无论如何放不大。到后来,鲁迅先生挣扎着把头抬起来才很大声地说出:

"明朝会,明朝会。"

说完了就咳嗽起来。

许先生被惊动得从楼下跑来了,不住地训斥着海婴。

海婴一边哭着一边上楼去了,嘴里唠叨着:

"爸爸是个聋人哪!"

鲁迅先生没有听到海婴的话,还在那里咳嗽着。

鲁迅先生在四月里,曾经好了一点,有一天下楼去赴一个约会,把衣裳穿得整整齐齐,手下夹着黑花布包袱,戴起帽子来,出门就走。

许先生在楼下正陪客人,看鲁迅先生下来了,赶快说:

"走不得吧,还是坐车子去吧。"

鲁迅先生说:"不要紧,走得动的。"

许先生再加以劝说,又去拿零钱给鲁迅先生带着。

鲁迅先生说不要不要,坚决地走了。

"鲁迅先生的脾气很刚强。"

许先生无可奈何的,只说了这一句。

鲁迅先生晚上回来,热度增高了。

鲁迅先生说:

"坐车子实在麻烦,没有几步路,一走就到。还有,好久不出去,愿意走走……动一动就出毛病……还是动不得……"

病压服着鲁迅先生又躺下了。

七月里,鲁迅先生又好些。

药每天吃,记温度的表格照例每天好几次在那里画,老医生还是照常地来,说鲁迅先生就要好起来了。说肺部的菌已经停止了一大半,肋膜也好了。

客人来差不多都要到楼上来拜望拜望。鲁迅先生带着久病初愈的心情,又谈起话来,披了一张毛巾子坐在躺椅上,纸烟又拿在手里了,又谈翻译,又谈某刊物。

一个月没有上楼去,忽然上楼还有些心不安,我一进卧室的门,觉得站也没地方站,坐也不知坐在哪里。

许先生让我吃茶,我就依着桌子边站着。好像没有看见那茶杯似的。

鲁迅先生大概看出我的不安来了,便说:

"人瘦了,这样瘦是不成的,要多吃点。"

鲁迅先生又在说玩笑话了。

"多吃就胖了,那么周先生为什么不多吃点?"

鲁迅先生听了这话就笑了,笑声是明朗的。

从七月以后鲁迅先生一天天地好起来了,牛奶,鸡汤之类,为了医生所嘱也隔三差五地吃着,人虽是瘦了,但精神是好的。

鲁迅先生说自己体质的本质是好的,若差一点的,就让病打倒了。

这一次鲁迅先生保持了很长时间,没有下楼更没有到外边去过。

在病中,鲁迅先生不看报,不看书,只是安静地躺着。但有一张小画是鲁迅先生放在床边上不断看着的。

那张画,鲁迅先生未生病时,和许多画一道拿给大家看过的,小得和纸烟包里抽出来的那画片差不多。那上边画着一个穿大长裙子飞散着头发的女人在大风里边跑,在她旁边的地面上还有小小的红玫瑰的花朵。

记得是一张苏联某画家着色的木刻。

鲁迅先生有很多画,为什么只选了这张放在枕边。

许先生告诉我的,她也不知道鲁迅先生为什么常常看这小画。

有人来问他这样那样的,他说:

"你们自己学着做,若没有我呢!"

这一次鲁迅先生好了。

还有一样不同的,觉得做事要多做……

鲁迅先生以为自己好了,别人也以为鲁迅先生好了。

准备冬天要庆祝鲁迅先生工作三十年。

又过了三个月。

一九三六年十月十七日,鲁迅先生病又发了,又是气喘。

十七日,一夜未眠。

十八日,终日喘着。

十九日的下半夜,人衰弱到极点了。天将发白时,鲁迅先生就像他平日一样,工作完了,他休息了。

[本篇《回忆鲁迅先生》,是萧红在《鲁迅先生生活散记——为纪念鲁迅先生三周祭而作》《记我们的导师——鲁迅先生生活的片段》《记忆中的鲁迅先生》《鲁迅先生生活忆略》多篇文章的基础上,整合编写而成,于一九三九年十月完稿。]

逝者已矣

自从上海的战事发生以来,自己变成了焦躁和没有忍耐,而且这焦躁的脾气时时想要发作,明知道这不应该,但情感的界限,不知什么在鼓动着它,以至于使自己有些理解又不理解。

前天军到印刷局去,回来的时候,带回来一张《七月》的封面,用按钉就按在了墙上。"七月"两个字,是鲁迅先生的字。(从鲁迅书简上移下来的)接着就想起了当年的《海燕》,"海燕"两个字是鲁迅先生写的。第一期出版了的那天,正是鲁迅先生约几个人在一个有烤鸭的饭馆里吃晚饭的那天。(大概是年末的一餐饭的意思)海燕社的同人也都到了。最先到的是我和萧军,我们说:

"《海燕》的销路很好,四千已经销完。"

"是很不坏的!是……"鲁迅先生很高地举着他的纸烟。

鲁迅先生高兴的时候,看他的外表上,也好像没有什么。

等一会又有人来了,告诉他《海燕》再版一千,又卖完了。并且他说他在杂志公司眼看着就有人十本八本地买。

鲁迅先生听了之后：

"哼哼！"把下腭抬高了一点。

他主张先印两千，因为是自费，怕销不了，赔本。卖完再印。

那天我看出来他的喜悦似乎是超过我们这些年青人。都说鲁迅先生沉着，在那天我看出来鲁迅先生被喜悦鼓舞着的时候也和我们一样，甚至于我认为比我们更甚。（和孩子似的真诚。）

有一次，我带着焦躁的样子，我说：

"自己的文章写得不好，看看外国作家高尔基或是什么人……觉得存在在自己文章上的完全是缺点了。并且写了一篇，再写一篇也不感到进步……"于是说着，我不但对于自己，就是对于别人的作品，我也一同起着恶感。

鲁迅先生说："忙！那不行。外国作家……他们接受的遗产多么多，他们的文学生长已经有了多少年代！我们中国，脱离了八股文，这才几年呢……慢慢作，不怕不好，要用心，性急不成。"

从这以后，对于创作方面，不再作如此想了。后来，又看一看鲁迅先生对于版画的介绍，对于刚学写作的人，看稿或是校稿。起初我想他为什么这样过于有耐性？而后来才知道，就是他所常说的："能作什么，就作什么。能作一点，就作一点，总比不作强。"

现在又有点犯了这焦躁的毛病，虽然不是在文章方面，却跑到别一方面去了。

看着墙上的那张《七月》的封面上站着的鲁迅先生的半身照像：若是鲁迅先生还活着！他对于这刊物是不是喜悦呢？若是他还活着，他在我们流亡的人们的心上该起着多少温暖！

本来昨夜想起来的纪念鲁迅先生的文章并不这样写法，因为又犯了焦躁的毛病，很早地就睡了。因为睡得太多，今天早晨起来，头有点发昏，而把已经想好的，要写出来纪念鲁迅先生的基本观点忘记了。